◆◆ 中国文学名家散文精选丛书

在时间的纵轴上

采薇　著

江西高校出版社
JIANGXI UNIVERSITIES AND COLLEGES PRESS

南　昌

图书在版编目（CIP）数据

在时间的纵轴上 / 采薇著 . -- 南昌：江西高校出
版社 , 2025. 6. --（中国文学名家散文精选丛书）.
ISBN 978-7-5762-5515-7

Ⅰ . I267

中国国家版本馆 CIP 数据核字第 2024QF1127 号

责 任 编 辑　江爱霞
装 帧 设 计　夏梓郡

出 版 发 行　江西高校出版社
社　　　　址　江西省南昌市新建区工业二路 508 号
邮 政 编 码　330100
总编室电话　0791-88504319
销 售 电 话　0791-88505090
网　　　　址　www.juacp.com
印　　　　刷　鸿鹄（唐山）印务有限公司
经　　　　销　全国新华书店
开　　　　本　650 mm×920 mm　1/16
印　　　　张　13
字　　　　数　160 千字
版　　　　次　2025 年 6 月第 1 版
印　　　　次　2025 年 6 月第 1 次印刷
书　　　　号　ISBN 978-7-5762-5515-7
定　　　　价　58.00 元

赣版权登字 -07-2024-923

序

少小时不太理解庄子"白驹过隙"的感慨，沉浸于各种欢娱的我，总觉得他老人家有些危言耸听了。对于一个人来说，要到什么时候，在哪个时间节点上，才能忽然悟透"白驹过隙"四个字的深刻含义，猛然惊醒一般，心灵为之颤抖呢？我想，对于那些学会自省的人而言，这将是，或者已经是他（她）人生过程中的重要而深刻的体验，从此清醒地意识到，时间才是上天赐予一个人最宝贵的人生财富。

从哲学上来说，时间和空间一样，都是物质层面的东西，而物质的特性在于，它不以任何人的意志为转移，只按照自身内在的规律运动、变化、发展乃至消亡。所以，我们只能感受到时间的存在，感受到时间按照它自己的节奏不停地向前流动，我们无法挽留，更不可能像从河流中舀起一瓢水装在瓶子里一样，将时间装在某个容器里以备"饥渴"时饮用。唯其如此，时间方显得格外珍贵。

对于一个人来说，时间不仅仅是财富，也不仅仅拥有珍贵的品格，它同时是一把镰刀、一根鞭子，在有情或无情中，不断地收割人们的喜悦、欢欣、悲痛、伤感等，同时又驱使着人们不断地创造新的喜悦、欢欣、悲痛、伤感，日复一日，年复一年，永不停歇。

我们说时间是最宝贵的财富，我们说时间像一把镰刀、一根鞭子，所有的立论，都基于我们对生命的热爱与珍视。

通常，我们对空间的感受很直接，总是能比较明确地知道我们在哪里，然而，我们对时间的感受却显得有些迟钝，在不知不觉间，属于我们的宝贵财富就悄悄地流失了。基于我最近对时间的深刻感悟，我决定把我的这部文集命名为《在时间的纵轴上》。故事的完成需要时间，就像花开需要时间一样；文章的写作需要时间，就像与朋友交谈需要时间一样。

如果说人生需要坐标，时间与空间无疑是必不可少的两个坐标轴；如果说人生需要坐标，肉体与灵魂也注定是构成一个人的人生坐标两个坐标轴。如果我们总是能够比较清醒地认识到自己在人生坐标中的位置，或许，我们就能够学会珍惜当下，心存美好，不惧前行，最终收获一个满意的人生。

目 录
CONTENTS

第一辑

在时间的

纵轴上

在时间的纵轴上

一年的时光终于到了秋天，而且是深秋。

对于我所生活的城市来说，一年之中，总有那么一段时光注定是属于秋天的，对此，我早已学会了淡定，既不惊诧于秋天的艳丽，也不会感叹"秋雨秋风愁煞人"，更不纠结于秋天从最初的艳丽到最终的萧瑟。无论如何，且保持一份喜悦的心情。

今日清晨，我在公园里散步的时候，看到银杏树下满地金黄，眼前为之一亮，不由自主地快走几步，奔到树下，蹲下身子，用手机为那些落叶存照。与此同时，仍然有许多小扇子模样的银杏树叶自树梢扑簌簌地往下落，仿佛树叶组成的秋雨。细碎的声音中，有的是树叶对树枝的告别，有的是树叶对大地的拥抱。那一刻，我不知道该用怎样的心情去体会一片叶子的飘零。它在清冷的空气中迅速下垂，转瞬就到了地面，躺倒在和它有同样经历的众叶之间或者之上，与秋风一起构成别样的风景。

很自然地，我会由一片叶子的成长和飘落联想到人的命运。我想，只要"人生一世，草木一秋"的俗语还在，那么，由草木到人生的联想就永远不会停止，过去如是，未来亦如是。只不过，人们各自的心态不同罢了。从前，我听到别人说"人生一世，草木一秋"的时候，总能隐隐约约地感觉到某种无奈与悲凉。但是，现在，我再引用这句话的时候，那种无奈与悲凉毫无踪影。也许将来的某一天，再提起这个话题的时候，我的内心会产生某种喜悦，也是说不定的。喜悦的理由可能很简单，或者无须任何理由。可是，需要经过怎样的修炼，才能让人忘记所有的烦恼，只在内心存续喜悦的情感呢？

行文至此，忽然想起《论语·述而》中的一段话："叶公问孔子于子路，子路不对。子曰：'女奚不曰，其为人也，发愤忘食，乐以忘忧，不知老之将至云尔。'"孔子，真吾师也。然而，堪为吾师者，绝非止于圣人之言、圣人之行，只要处处留心，处处皆有可学，比如眼前这落了一地的银杏树叶。

春寒料峭时，树枝上鼓胀胀的芽苞中刚刚吐出一抹新绿，仿佛婴儿自襁褓中露出初生的小脸儿，无知无识地冲着你笑。你的内心获得一种感动，觉得它是美的，它在向你预告，一场生命的狂欢即将开始，繁荣与繁华将以日常的形态充分展现。夏日炎炎中，原本平平展展的树叶，因为水分蒸发太快，不能及时得到补充而无精打采地低垂着，你心疼不已，可是一场突如其来的暴风骤雨之后，所有的草木都在蓝天白云下闪着绿莹莹的光，仿佛重生。你的内心获得一种感动，觉得它是美的，它以自己的经历告诫你，生命的顽强总是在磨难中得到显现。秋风秋雨之后，一夜寒霜降，落叶满地黄，你的内心获得一种感动，觉得它是美的，它以凋零的姿态告诉你，一切繁华终将逝去，一切喧嚣终将归于平静，草木们将在严寒统治大地的时候韬光养晦，养精蓄锐，等待下一个春天来临……

一切自然之物都是美的，在时间与空间的维度上，它们不断地变换容颜。当你感觉到世界的多姿多彩，你的内心也一定会逐渐地丰富起来，你会笑着对自己说："生活是美丽的。"老子《道德经》有云："域中有四大，而人居其一焉。人法地，地法天，天法道，道法自然。"我想，懂得了这个道理，是否就可以常常保持愉快的心情，做到"乐以忘忧，不知老之将至"？

看看那些银杏树上的叶片，就在几天之前，它们还是绿油油的，一派生机盎然的样子，仅仅一场寒霜，叶子就迅速地变黄，然后哗啦啦地从树枝上飘落，那"哗啦啦啦"的声音就是一首《秋风歌》，表达的是对秋天的热爱，还是对生命的眷恋呢？

忽然想起春天赏杏花的一些情景。我因为热爱着花花草草们，所以总是不断地提醒自己哪一种花在哪个时间里开。又因为"花无百日红"的缘故，所以我总是不断地提醒自己要趁着花开的时候多多地赏，也算不辜负大好春光。凡我所欲赏者，必欲赏尽其含苞待放到落尽英华的各种状态，因为我已经习惯以花开为喜，却不以花落为伤。每次看到杏花凋零，我都会想起苏轼的"花褪残红青杏小。燕子飞时，绿水人家绕。"花开固然美丽，可是，如果没有花落，哪来秋天的果实飘香呢？

我一边赏花，脑子里一边胡思乱想，忽然就突兀地蹦出半句话来："在时间的纵轴上。"我说在时间的纵轴上，并不意味着说时间同时还有一个横轴，而是因为与广阔无垠的空间相比，时间总是纵向的，属于每一个个体生命的时间就仿佛一个纵轴，花草、树木、我……一切变化的万物都各自在属于自己的时间纵轴上奔跑。面对空间的广阔，人容易感觉到自己的渺小。站在时间的纵轴上望向未来，逼迫之感油然而生。

春天的时候，我就想以《在时间的纵轴上》为题写点儿什么，直到深秋，直到立冬将至，才终于完成这个心愿。与春天相比，我在时间的纵轴上又奔跑了一段儿里程。还有多少剩下的里程，在我的时间纵轴上呢？而我，又将走进怎样的未来？也许，我可以在即将到来的、常常被人们形容为"沉寂"的冬天，认真想一想这个问题。

我从地面上拾起一片叶子，反复地端详，并在心里喃喃低语："你是和我一起在时间的纵轴上奔跑的兄弟呀。"

　　小时候，受到饥饿的驱使，每每去山里挖野菜或拾柴火，见到各种各样大大小小的野果子，都会不由自主地摘下来，送到嘴里尝一尝。比较好吃的，像桑葚；有些麻嘴的，像龙葵；没有多少甜味的，像野葡萄；酸酸的却很诱人的，像酸枣儿；涩涩的，吃到嘴里有张不开嘴的感觉的，像欧李（未熟透时特别涩）；还有一种极小的，不及黄豆粒大的茜草的小果子，听别人说可以吃，我也采集来，放在嘴里十分耐心地尝，结果发现，它不过只有一层如纸薄的果皮儿，里面就是果核了……幸好在我的老家，没有含剧毒的植物果实，不然，像我们这样见果儿就馋，摘下来就吃，后果真是不可想象。

　　不唯果实，植物的根、茎、叶、花也常因为我们的饥饿而遭殃。白茅的根茎、芦苇的根茎、野慈姑的根茎等，常常被我们兴致勃勃地挖出来。白茅和芦苇的根茎白嫩又细长，被挖出来之后，用手撸掉上面黏着的泥土，就直接送到嘴里嚼了，咽其汁，吐其渣，在舌尖上留下那么一点点甜味儿，记忆的根就牢牢地扎在脑海里，再难拔除。野慈姑的根茎呈球形，表皮也是又白又嫩，需要费力地向泥里挖方能有所得，虽然它富含淀粉，有相当高的营养价值，但是并不适合生吃，通常都是在母亲做饭时，扒出灶膛里燃烧未尽的炭火烧熟之后再饕餮一番。

从植株上揪下叶子就可以吃的野生植物大抵有这样几种：两栖蓼之旱型蓼、扛板归、桃叶鸦葱、蒲公英、地榆。当初我并不知道它们在植物学上的名称，只知道它们在本地的俗称：酸巴溜、酸溜溜、羊犄角、婆婆英子、黄瓜香香。随着年纪渐长，对家乡及童年的回忆日甚一日，那些曾经给予我物质营养与精神养料的植物，一而再、再而三地重新进入我的日常生活，我不再像童年那样用牙齿和味觉与它们打交道，而是观察它们的生长，试图从植物学上去了解它们、热爱它们，并为此写作了散文《为那些陪我长大的植物——找到名字》，如今，在我心里，它们是我与世界的不解之缘。

一些小动物当然也可以成为美味。秋天到来，蝗虫的肚子大了，螳螂的肚子鼓了，我们常常捉它们来，放在火里烧熟，以它们肚腹中金黄色的籽儿为美食，虽然不足以果腹，也是难得的"肉食"，算是开一次荤，打打牙祭。间或，也会把蝉蛹从地下捉来，如法炮制一番？这个倒是记不太清了，似有似无。不过，很多人都知道蝉蛹是一道美味，有些地方的人专爱吃油炸蝉蛹。

如今想来，让我颇感欣慰的是，虽然那时候又饿又馋，但是，从未吃过一只鸟儿，更不会像有些小说里写的那样吃老鼠的肉。有一位女知青，落户到本村，她的亲戚从遥远的城里来，居然捕捉稻田里的青蛙，并当场割下青蛙的后半身，剥其皮，留下白生生的两条肉腿，却把只余下半截身子的青蛙又扔回到渠水里，殷红的血在流动的渠水里扩散，其形如烟在轻风里慢慢消散。我因为目睹了这个过程，直到现在，心里还滴着血，仿佛有一个伤口久久不能愈合。虽然青蛙比蚂蚱身上的肉多得多，但是，我从来没有动过吃青蛙的念头，捉来玩一会儿倒是有过，那也不过是捉了又放，不伤其毫毛的。

饥饿带给我的影响是，从整个童年到少年时代，我都深深地以为吃饭是人生最紧要的事情，舍此再难言它。父母所有的劳作，我们小孩子所有对劳动的过早参与，都是为了一个目的——吃饱、穿暖。就连父辈们殷切地希望我们好好读书，将来考大学，也不过是为了换一个户口本，把吃农业粮换成吃商品粮，把母亲亲手做的布鞋换成商店摆着的皮鞋。老师倒是文雅一些，反反复复告诫我们的，也不过是"书中自有千钟粟""书中自有黄金屋"之类的话。村里有个女孩儿，一天学没上过，8 岁就开始到生产队劳动，年终评分的时候，成年男性壮劳力，最多出一天工可以挣十分，给她评的是每日三分，因此得了个绰号"三分儿"，大家都"三分儿""三分儿"地称呼她，反倒忘了她的大名叫什么。

上初中时，偶然在一本课外读物中读到一句名言："吃饭是为了活着，但活着不是为了吃饭。"当时心里就打了一个激灵，反复地在心里诘问自己："那么，人生的目的和意义究竟何在？"自此，虽然每天仍然为吃饭的问题而苦恼，但是，吃在我心中的地位已经明显居于下方，跃居其上的是读书、思考、对未来的憧憬等，一个又一个形而上的哲学命题渐渐重磅置入大脑，为人生金字塔奠基。

如今，站在乐天知命的时间点上，回忆起很多年前的这一段人生经历，不由自主地在内心感叹：智者一言，便如惊雷。惊雷之后，万木葳蕤！为文者，当慎言，一句话可毁人，一句话可树人。

忙忙碌碌而无为

汉字很有意思，一字或一词，往往有若干种解释。而且，若干种解释之间又仿佛楚界汉河，甚至大相径庭。比如说"碌"字，其一意是"平凡"，即庸碌；其另一意是"事务繁杂"，即忙碌。因之，成语"忙忙碌碌"之"碌碌"和"碌碌无为"之"碌碌"，就仿佛一个亲生、一个寄养，其眉、眼、口、鼻，怎么看，都不像有血缘关系的一家人。

5月末的一天，在医院的病房里——母亲生病住院，我在侧陪护——我举着一根洗好的黄瓜，一边准备往嘴里放一边说："这是我今年吃到的第一根新鲜黄瓜。"似乎有些语出惊人了，同病房里的好几个人几乎同时诘问："那是为什么呢？"我不加任何思索地说："忙得没空吃，也想不起来吃。"

对我来说，很真诚的一句话，在别人听来似乎太夸张了，夸张得仿佛"猪"变成了"象"，完全失去了其本来面目，我从别人听到我的回答时所产生的情绪反应中能够很容易地感知这一点。我不奢望别人理解。即使你能理解距离地球十万光年的星球，你也很难设身处地地理解别人复杂而瞬息万变的心情。所以，生活需要包容。

检点自己最近几个月的生活，或者向更长一些时间的过往人生去反省和深思，似乎只能得出一句话的结论——忙忙碌碌而无为。

或许是老了，或许是早就厌烦了紧张而又压力重重的生活，我从内心深处希望能生活得闲适一些，安逸一些。有时间欣赏春花，有心情遐想秋水，有精力阅读史哲，有朋友倾诉衷肠，有浓茶安神静气。携清风两袖，揽月华一身。看青山妩媚，听鸟鸣幽幽。拣一串诙谐，拾一段童趣，拎一筐梦想，提一篮诗意……像白毛浮绿水的鹅一样，向天高歌；像驿外断桥边的梅花一样，与世无争地寂寂绽放。不必一遍又一遍地追问"知为谁生"，也不必纠结于"有涯"与"无涯"的烦恼。既然落霞可以与孤鹜齐飞，秋水可以共长天一色，那么，无论怎样平淡的人生，我们都可以从从容容、惬惬意意、优哉游哉地在自己营造的诗意氛围中度过，像出入于濠水之中的鱼儿一样，完全不必把"朝闻道，夕死可矣"千遍万遍地默念于心且苦口婆心地教导于人。如果按照"水至清则无鱼，人至察则无徒"的道理去推论的话，那么，一个人过分执着于"道"，可能恰恰偏离了"道"的轨迹，岂不悲乎？

纵观几千年的人类文明史，纵观整个地球物种的进化，"忙忙碌碌"乃芸芸众生之常态，"碌碌无为"亦是芸芸众生之常态，我既不能超脱于芸芸众生之外，当然只能融合于芸芸众生之中，和芸芸众生一起忙忙碌碌、碌碌无为。每思至此，便不由自主地想起前几年流行的一句网络语"迅雷不及掩耳盗铃之势"，所以干脆东施效颦，把"忙忙碌碌"和"碌碌无为"来一个风马牛不相及的成语接龙，是为"忙忙碌碌而无为"也。

"忙忙碌碌而无为"这个"四不像"一经诞生，就在头脑中挥之不去。行也思之，坐也思之；昼也思之，夜也思之。好像"鬼挡墙"一样，百思亦难得其解。有些辛酸，有些无奈，有些伤感，有些焦虑，万千思绪逼着我非要为此写点什么不可。

"多少人生、多少时光都在忙忙碌碌而无为中度过了？"我不断地向缤纷的落英诘问，向缥缈的浮云诘问，向曲折蜿蜒的道路诘问。它们统统地以一贯沉默的方式向我致意，把问题又抛回给我。

思来想去，我觉得我此文章中的"无为"是具有多重含义的"无为"：其一义是"无所作为"，其二义是"无能为力"，其三义应该是道家所讲的"无为"。因此，"忙忙碌碌而无为"也就具有了三个指向：忙忙碌碌却无所作为；忙忙碌碌却（有些事）无能为力，不要强求某种结果，一切只能顺其自然；忙忙碌碌也是一种"无为"，诚如蚂蚁的觅食、蜜蜂的酿蜜、夜莺的歌唱，都不过是大自然赋予生命的本能。综合此三重含义，岂能不心酸、不伤感、不焦虑、不无奈乎？然而，在心酸、伤感、焦虑、无奈之后，便是一种释然。

"鸟宿池边树，僧敲月下门。"在文章即将结束的一刻，我的脑海中忽然冒出这样一句流传千年的名句。仔细嚼嚼，这两句诗真是意蕴无穷，禅机无限，至善至美。一切"动"最后都要归于"静"，一切"忙碌"，最后都要归于"无为"。

荒凉之上

前几日，我在清晨散步的时候，特意绕道去了一趟牡丹园，一边天清气朗地怀念着春天牡丹盛开时东风和煦、阳光灿烂、国色染园、天香四溢、蜂飞蝶舞、游人如织、欢声笑语的壮观景象，一边心有戚戚然地思谋冷雨过后、秋风阵阵、轻霜将至、虫声寂寂、游人罕至的牡丹园，会是怎样萧瑟得令人心酸的景象。

其实，即使不身临其境，也能凭相关经验想象得到：明媚已逝，鲜颜褪尽，芳华成尘，叶败枝枯，骨瘦如柴，龙钟老态，诚如美人迟暮，令人不忍卒睹。但我还是固执而坚定地把脚步迈向牡丹园。这不禁让我想起鲁迅先生的一句话："真的猛士，敢于直面惨淡的人生，敢于正视淋漓的鲜血。"

生机盎然、繁花似锦、欣欣向荣是一种令人兴奋、催人进取的大美，但是，也容易令某些人得意扬扬，忘乎所以，奢侈靡费，故步自封，最终死于安乐。萧瑟与荒凉也是天地间的一种大美，它能让人冷静下来，反省与沉思，韬光养晦，磨砺锋芒，增加人生的厚重之感，同时令高义之士陡生慈悲宽仁之心，自觉地"铁肩担道义"。

置此荒凉之景，不识牡丹者，必会耻笑那一丛丛枝干炭黑、叶片枯萎的灌木为丑陋的"侏儒"。因为"不识"，所以，必会像我小时候不能理解嫦娥奔月一样，不能理解那一丛丛的"侏儒"会在某个温暖的季节里绽放出最绚丽的花朵。好在，牡丹没有我这般多愁善感，经过一个冬天的蓄势，待春风一吹，花就开了。蝉鸣过后，秋风一扫，叶又黄了。一年一度，花开叶落，谨以东风、西风为媒为凭，全不顾忌赏花者的飞短流长。这样的从容不迫，气定神闲，想一想都会让人产生羡慕和景仰之心。我欲以之为师为友。

"用笔不灵看燕舞，行文无序赏花开"，这是领略了花开的妙处；"岁寒，然后知松柏之后凋也"，这是领略了逆境对人生的意义；"花落花开自有时，总赖东君主"，这是领略了人生需要感恩之心；"感时花溅泪，恨别鸟惊心"，一语揭开了人性中最柔弱的部分——触景生情，忧国忧民；"美人之胜于花者，解语也；花之胜于美人者，生香也。二者不可兼得，舍生香而取解语者也"，这是把美人与花做了一个最贴切的比较，只是我实在不喜欢"二者不可得兼，舍……而取……"的"孟子句式"，它很容易让人产生误解，把本不矛盾的两个事物对立起来，形成一种思维定式，好像"取……"就必须"舍……"似的。贪婪如我者，既想要鱼又想要熊掌，既想要生又想要义，既想要美人又想要花香。与其总说"舍……而取……"，不如想想办法怎样使二者兼得。

草木本无情，见者移情与。处境不相同，忧欢便相异。

与牡丹的寂寥正相反，喇叭花以它细长而柔弱的身段儿肆无忌惮地爬上牡丹枝头，自我炫耀似的在牡丹之上绽放出或红或紫或粉或白或蓝的花朵，很容易让人联想到"龙遇浅滩""虎落平阳""脱毛凤凰"等俗语——喇叭花此举该不是对牡丹的"羡慕嫉妒恨"吧。我用相机很随意地拍下两张照片作为纪念，纪念这颇具荒凉的美。同时，我的脑海中立即产生出一篇文章的题目，是为《荒凉之上》。

我想，一切繁华最终必归于荒凉，一切荒凉也都蕴藏着欣欣向荣的力量，诚如这一园的牡丹。这便是大自然的造化。正因为懂得了世间万物"周而复始"的规律，所以，人类才能在困境中始终保持着向上的决心和信心，锤炼坚强的意志，蓄势待发。

人生就是边走边唱。

忽然想起这个题目，缘于一个契机。

今早上班，走到教学楼与科教楼连廊中间的位置，迎面碰到我的一位同事，本校"著名歌星"G，他刚从楼道拐角处转过来，根本没注意到我的存在，因为他正一边低头走路，一边轻声唱歌，说不定同时还想着某些心事，憧憬着美好的一天。

我有些犹豫，要不要和他打招呼，我担心一个可有可无的招呼，会让他此时正沉浸其中的某种甜蜜与温馨发生短路。在我犹豫的刹那，他已经抬起了头，而且走到离我很近的位置。我心里想，坏了，恐怕已经短路了，为了礼貌与和谐，还是和他招呼一声吧。于是，我笑着对他说："早啊！心情不错嘛，边走边唱。"

虽然是冬季，早晨明媚的阳光隔着玻璃斜斜地照射过来，干净的连廊内便给人温暖如春的感觉，只差几盆绿萝或者杜鹃什么的，点缀一下窗台，营造更加美好的氛围。七点一刻，学生们正上早自习，也没到老师们上班的高峰时段儿，楼道内暂时寂静，时空美好得让人有些迷恋，适宜唱歌、想心事，释放美好的情愫，像一朵花，吐露芬芳。

记得N多年前，有一档音乐节目叫《边走边唱》，很多汽车司机都喜欢一边开车一边听这档音乐节目。我坐巴士的时候，听到过好几次，觉得特别舒心。且不说别的，就是"边走边唱"这四个字，足以打动我心。曾经，我就是一个喜欢边走边唱的人。可惜，关于这个节目的细节，我已经想不起来了，也不知道这档音乐节目是否仍在播出。我去百度搜索一下，只找到这些文字：《边走边唱》是FM 97.4打造的一档音乐节目，播出时间为10：00-12：00；主持人DJ麦同学。

不得不说，生活中总是有一些美好的记忆与走路和唱歌相关。虽然我已经好久不唱歌，职业原因导致的咽炎，常常令我在入睡前的那一小段时间不停地咳嗽，唱歌对于我来说，已经成为一个高难动作，但是，我总禁不住怀念歌声响起的日子。

今天，在与歌声相关的所有记忆碎片中，重点拎出两小块儿，重温一下。

一块记忆碎片是这样的：具体时间总是想不起来，应该是1991年秋冬季节吧。那时，我和先生在同一个单位上班，他教语文，我教政治。他的办公室在一座教学楼里，我的办公室在另一座办公楼里，两座楼相隔不远，有一条连廊相接。冬天黑得早，下午四点多，太阳就没了。在办公室里，隔着玻璃向窗外看，一团漆黑。同一间办公室里的人都下班走了，我还在等一个人，等他唱着歌来找我，然后一起离开。

那时候，只要他从教学楼出来，一走上连廊，就会无所顾忌地唱起歌来。不必担心惊扰别人，孩子们都放学回家了，老师们也都回家温馨去了，只有我们两个人无家可归。虽然我们在那一年的九月已经结婚，但是，没有一间房子可供我们奏响锅碗瓢盆交响曲，吃在食堂，住在宿舍。那时年轻，傻乎乎的单纯，一无所有，仍然有唱歌的心情，由此可见，年轻就是好，青春是个宝。

一听到他的歌声，我立即兴奋起来，终于可以一起下班了，不用一个人走那段坑坑洼洼、曲曲折折、明明暗暗、热热闹闹的路。两个人一起走在俗世的路上，飘忽的尘埃仿佛也暗藏某种诗意。甜美的爱情，令世界空荡得只剩下两颗相知相依的心。

另一块记忆碎片是这样的：1999年，经过八年奋斗与煎熬，我们终于有了一间像样的小房子，住在五层楼上。那一年春天，他被调到局里上班，每天早早地就要赶局里的班车，晚上很晚了才能赶回家，来来回回的路上，至少需要一个半小时。因此，我总是做好了晚饭，等他回家一起吃。那时候，没有手机之类的通信工具，不能实时知道对方的位置，因此，只能傻等，有时等得人心焦。等着等着，就听到楼道里有嘹亮的歌声传来，脚步声渐行渐近，我便吩咐儿子："快去给你爸开门！"

2001年春节前，我们从古冶区搬到了市里，仍然是我先回家做晚饭，擦净地板，等他们父子俩一起回来。不知为什么，他不再唱着歌回家了，让我觉得生活中好像少了点儿啥。有一次我问他为什么不再唱歌了，他笑着说，怕打扰别的人家。我说，以前就不怕打扰别人家？他说，那时候都在一个矿上，人熟。

是啊，自从搬到市里之后，上下楼住着，甚至住隔壁，也是很难互相见面的，即使偶尔见面，也不知道对方姓甚名谁，在哪儿工作，不知道该称对方为李先生还是赵先生，彼此看对方一眼，仿佛是在说："哦，你也住这里吗？怎么没见过呢！"城市生活就是这样，一个单位的可能认识，住在隔壁却十分陌生。难怪从农村来的，都觉得城市生活十分别扭，人与人之间划出了明显的界限，各自生活在自己的牢笼里，能不别扭吗？只是，城里人早已经习惯了这种"别扭"，为"无人打扰"而心安。

人是不可救药的

我忽然想，大千世界，其实没有什么奇迹，只不过因为我们生命短暂，因为我们见识浅薄，因为我们力量渺小。无论是自然的历史，还是人类的长河，很多漫长变迁的过程，我们不能亲历或目睹，往往，我们看到的只是一个结果，是渐变积累到一定程度的突变。所以，很多"新鲜事"对于我们来说，既是陌生的，也是难以想象的，所以我们爱赞颂水滴石穿的毅力，我们爱慨叹大自然的鬼斧神工，我们爱山之伟岸、奇秀，爱水之浩瀚、长流……想象一下宇宙的广阔与漫长，就连巨大的恒星都不过是其中的一粒微尘，你会不会感到绝望？

当然，在我们所生存的世界里，也存在着比我们力量更渺小、生命更短暂的诸多生命，与我们人类相比，它们的生存或许可以称为"无意识"，不像人类，动不动就大谈时间、命运、友谊、爱情、理想、道德、价值、财富、精神、忠贞、意义等。这些在概念上十分抽象、在现实生活中又往往十分具体的东西，充塞着我们的头脑，占据着我们的生命，消耗着我们的精力，考验着我们的心智，磨砺着我们的意志，增加我们内心的矛盾与复杂。有时候它们就像一管鸡血，有时候它们又像一团乱麻，不是使我们的生命充满激情，就是让我们的意志变得消沉，正义、坚贞、勇敢、果断、机智、贪婪、偏激、狭隘、抑郁、狡诈、阴险等皆由此而生。自甘堕落的人会说"身不由己"，拼搏向上的人高喊"扼住命运的咽喉"，旁观者最爱说"清者自清，浊者自浊"。有人走桃花运，有人走狗屎运，有人处处碰壁，有人下十八层地狱……人生可以处处精彩，人间也可能处处险恶。

我庆幸，我感恩，此时此刻，我的生活风平浪静，所以，我可以经由细小的事物进入宽阔的思维领域，进而写一些虽然在宏观上无助于社会进步，但是在微观上能够证明"我思故我在"的文字，自娱自乐，而不至于无所事事。

今天早上，我在凤凰山公园散步，行至某处，见到不远处草丛中有一只麻雀，举头向上，跃跃欲飞，几乎与此同时，我还见到一只绿色的"吊死鬼"自一棵柳树的枝头垂下。大自然导演的一场平常好戏恰巧被我撞见，不过一两秒钟的时间，那只扭动身体的"吊死鬼"就成了麻雀的美餐，没有实现完整的生命过程，提前往生去了，这是大自然对它命运的安排。

来个插片，补充一点儿小知识："吊死鬼"，学名尺蠖，无脊椎动物，昆虫纲，鳞翅目，尺蛾科昆虫的幼虫，身体细长，因缺少中间一对足，故以"丈量"或"屈伸"样的步态移动，即伸展身体的前部，再挪移身体后部使之与前部相触，所以行动时一屈一伸像个拱桥（估计很多人都见过）。休息时，常用腹足和尾足抓住树枝，使身体向前斜伸，形似小枝或叶柄，这种典型的"拟态"行为当然是自我保护的一种方式。"吊死鬼"平常待在树上，未老熟前也不能吐丝。但是到能吐丝，它们并不立即钻入土中化蛹，还会在树上待一段时间。这时，它们一旦受惊就会采取自我保护的措施——吐丝把自己悬在空中，因此，人们十分形象地称它们为"吊死鬼"。一般，突然来的大风吹过树枝，就会有不少"吊死鬼"垂下来。

多像一个嘲讽，那只"吊死鬼"本来是为了自我保护，才用丝线把自己悬在空中的，哪承想，这样的行为恰恰使自己赤裸裸地暴露在天敌麻雀的眼前。虽然我知道这样的"好戏"，甚至比这更精彩的"好戏"天天都在上演，但是，目睹如此生动具体的一幕，在我五十余年的生涯中却是第一次。它一下子触动了我内心的某个机关，让我不由自主地开始省察人的内心。

人的局限性表现（也是原因）之一就在于人总是有一定的立场——在人群里混，立场似乎也是必需的。就在我目睹一只麻雀吞食一只"吊死鬼"的时候，我的内心竟有一种小小的快感，因为"吊死鬼"这种东西多次在我不经意的时候，突然出现在眼前，吓我一跳，它的恶作剧令我生厌，所以，当一只带有"原罪"的"吊死鬼"被麻雀吞食，才会引起我内心小小的快感。我意识到自己对那只突然被鸟儿吞食的"吊死鬼"，竟然毫无同情，倒是对麻雀所表现出来的利落心生赞许。这就是立场的局限性。

而人之所以有立场，就是因为头脑中时时刻刻有"我"的概念，"我"的情感，"我"的利益，"我"的审美，"我"的情趣，"我"的判断，"我"的向往，等等，都会影响"我"的立场。在这个意义上说，人是无可救药的，人永远被困在一个叫作"我"的笼子里，很难冲破它。只有真正"忘我"的人，或者人在"忘我"的那一刻，才是幸福的和自由的。

生命周期

人总是要死的，无论其多么伟大或多么渺小，多么高尚或多么卑鄙，多么富有或多么贫穷，多么才华横溢或多么平庸不堪，多么长寿或多么短命……我所热爱的奥地利作家卡夫卡就曾经说过：生命之所以有意义是因为它会停止。

现实生活中，总有那么一些人，想通过各种各样的手段，以各种各样的方式，在各种各样的场合，耍尽阴谋与阳谋，使自己凌驾于他人之上，或者一不小心得逞了，或者无论如何均未得逞，最终的结果都是一样的。可惜，很多人不明白或假装不明白这个道理——"机关算尽太聪明，反算了卿卿性命"，这说的可不是王熙凤一个人，而是一类人。

与此相反的是，总有那么一些人，拼尽自己的才华，努力地活着，不畏各种艰辛，最终活出精彩，活出自我。他（她）很自我地活着，却一不小心成了别人心目中的偶像。

2016 年 5 月 25 日，一个兰心蕙质的女人，一个不断追求卓越的女人，一个也会有一己之私的女人，终于在她 105 岁的时候，完成了自己的生命周期，去另一个世界与丈夫和女儿团聚——如果说果真有另外一个世界的话。

105 岁，对于一个人来说，生命何其长。105 岁，对于一个总想"千岁""万岁"的人来说，生命何其短。长也罢，短也罢，自然规律是任何人也抗拒不了的。

2016 年 5 月 25 日，如果你在这一天打开微信，铺天盖地，满满的都是对一个逝者的怀念。信息传递之快、渠道之广，大有奔走相告的意思，让我不禁产生了某种怀疑：这到底是对亡者的悼念，还是生者自以为是的狂欢？

微信中传播最广的，当然是一张手写体的便笺，即所谓的"百岁感言"，全文如下：

我们曾如此渴望命运的波澜 / 到最后才发现 / 人生最曼妙的风景 / 竟是内心的淡定与从容 / 我们曾如此期盼外界的认可 / 到最后才知道 / 世界是自己的 / 与他人毫无关系。

以我这半百之人短浅的目光来看，说"世界是自己的，与他人毫无关系"，可能有点儿过。在一些奔波在所谓的远大前程的路上，经常会遇到"贵人"或者"小人"，使得人生或顺畅或险阻的年轻人听来，就更要大摇其头了。我想，只要你活在这个世界上，就不可能"与他人毫无关系"，只不过是关系的密与疏、深与浅、重与轻罢了。若果真"与他人毫无关系"，那么，我们就不得不怀疑每个人活在世界上的意义。

后来，那段所谓的"百岁感言"被证伪，真不知抽的是谁的耳光。不过，话说回来，不管那段儿"百岁感言"出自谁的笔下，总之说出了某种心声，也迎合了很多人的心理，要不然，人们不会在那一天疯狂转发这一小段儿话语。我想，深受各种"关系"之累的人们，渴望着回到"自己"，回到"内心的淡定与从容"，与这个世界、与这个世界上的某些人，少一些不必要的瓜葛，多一些人生的自在与自由。毕竟"人生苦短，譬如朝露"。

我的办公室里有一盆枯萎的花，好几个人见了都禁不住问一句：这花怎么死了？那神态，那语气，仿佛一株植物应该永久地活着，除非遇到某种灾害，或者被人照顾不周。我笑着说，它完成了自己的生命周期。怕别人再问，便主动补充一句：它的生命周期和麦子相同。我想一说到麦子，很多人都懂。麦子被收割之后，人们才能吃到面粉。死神不吃面粉，它只一茬一茬地收割人（或其他生物）的生命，碾成粉，让生神果腹。

我在把那棵枯萎的花——植株上面尽是干透的叶子和干透了却仍然连在母体上的花朵——拔掉时，居然闻到一股浓浓的香味，只是和那花盛开时的香味有些差别。花儿盛开时所释放出来的香，是鲜与美的结合。而这株已经完成生命周期的植物所释放出来的香，是醇与厚的结合。这醇厚的香，应该不是来自叶与花朵，而是来自骨骼，来自生命最深处，是一株植物热爱自己生命的最深沉的表达，恰如一个人在精神上的自恋。

如果你更留心一些，你会赫然发现，每一株植物在它枯萎的时候都会留下一种属于自己独有的香气。另外，我在拔掉那株已经完成生命周期的植物时，在它的根部，在泥土之上，捡拾到它的种子。下一轮花开，指日可待。

再后来，在谈论到那位百岁老人之死的时候，我的一位同事半是认真半是玩笑地说："我很怕死。你呢，王姐？"我稍稍地想了一下，然后戏谑地说："我贪生。"看起来，生与死既可以是一个很严肃的哲学命题，也可以偶尔拿来调侃一把，让一个沉重的话题变得轻松起来。但是，关于生与死的思考绝不能停止，直至不再有心跳，不再有呼吸，不再有思想，不再有欲望。

"生命之所以有意义是因为它会停止。"在结束此文之前，我想再一次重温卡夫卡的这句名言，同时我想要说：我们每个人之所以活得那么努力，不过是为了在生命结束时，留下一抹清香，或者留下一粒种子。

一根铁棍儿的忧伤

首先，这个题目起得就不对，一根铁棍儿怎么会忧伤呢？

是的，一根铁棍儿当然不会忧伤，会忧伤的必须、必然、必定是那些有生命的，而且具有丰沛情感的东西，比如"人"这种动物，尤其是像我这样性格内向且总是喜欢胡思乱想的人。所以，准确的表述应该是"一根铁棍儿引起的忧伤"。

家里养的一株四季春，从最初的只能同时开出两朵小花的幼苗，长成了能同时开出二十几朵花的"小树"，粉嫩的花朵像婴儿的脸，十分招人喜爱。看着她日复一日地枝繁叶茂起来，想象着她必将更加繁茂起来，充满期待的心就像十五的月亮一样圆润丰腴，一种无关国计民生，只与个人心情发生联系的幸福感仿佛微风吹动下水面的波纹，轻轻荡漾。

多好！花儿。婴儿。月儿。微风。水面。波纹。荡漾。幸福……世界奇妙，人的思维更奇妙，总是由此物联想到彼物，由一物联想到多物，由现在联系到过去和未来，由花开联想到幸福。这，似乎也从一个侧面证明了万事万物都是相互联系而存在着的……

但是，有一个问题，她那细细的主干能支撑得住日渐繁茂的枝叶吗？"头重、脚轻、根底浅"，任谁看起来，都会觉得危险和不舒服。我得帮她寻一个"拐棍儿"，帮她安上一条"义腿"，使她在窗下的伫立以及在风中的舞蹈都显得稳健一些。

最先想到的，也是我经常采用的方法，是把一根筷子斜插进土里，让露出的部分成为花儿可以倚靠的肩膀。于是，我从厨房里找出一根半旧的筷子试了试，不够长。

我想把一个铁丝做成的衣架剪断，为我的花儿做一个假肢，但是，又不忍心毁掉一个衣架的"大好青春"，就放弃了。

一时无计可施。

那天，拎着小半桶刚从鱼缸底部抽出的浑水，去给放在楼道里几乎已被我忘却的仙人掌浇水，赫然发现花盆里正闲置着一根尺把长的涂着浅绿色油漆的铁棍儿，笔直，细而坚硬。"太好了！真是踏破铁鞋无觅处，得来全不费工夫。"我自言自语。

"可是，这根铁棍儿是哪里来的呢？什么时候，经由谁的手插在那里的？"我微皱着眉头，一边十分中意地打量着手中的铁棍，一边向自己提了一个任谁看来都显得完全多余的问题。真不知道，我为什么总爱问一些多余的问题，从小到大，没有改变过。

"噢，想起来了，是好几年前买过一盆儿蕙兰。当时花了我好几十块钱，没养好，不仅花被我扔掉了，后来几经周折，连盆儿也杳无踪影了。只是在拔起那株植物扔掉的时候觉得插在盆中的这根铁棍儿或许还会有些用处，就随手插在了仙人掌盆里。"我恍然大悟。

刚刚还因为找到这根铁棍儿而愉快的心情一下子变得忧伤起来。

作为主角的花，早已化成一缕香魂飘到了九霄云外，作为小小配角的铁棍儿却遗存下来，岂无悲哉？花之亡，是因为花儿过于娇弱，不适应我家的生活环境而日渐枯萎，最终形消影无；铁之存，是因为那铁冷而坚硬，其用途始终无改，虽然也曾长时间被冷落一边，但终于又有它重新发挥作用的一天，仿佛再生。

"那花，后悔成为花吗？那铁，羞于成为铁吗？"

再次打量着手中的铁棍儿，我庄周梦蝶一般地向自己发问——我只能向自己发问。嘻！

鸭子与天鹅

"只要你曾经在一只天鹅蛋里待过，就算你是生在养鸭场里也没有什么关系。"

我想，凡是认真阅读过安徒生童话《丑小鸭》的人，对上面这句话的印象一定十分深刻，因为它是任何一个认真的读者都不可能忽视的点睛之笔，经由这一笔，童话的主题一下子得到了升华，其励志之主旨充分显现出来，而且也的确收到了很好的励志效果，以至于《丑小鸭》自诞生之日起就成为童话里的经典。

我深信，凡是和我一样被"丑小鸭"的故事所感动、被上面那句话深深鼓舞的人，他的内心一定认为自己就是那只注定要变成天鹅的"丑小鸭"。于是，他会安慰自己说："眼前的困难又算得了什么呢？与丑小鸭的遭遇相比！"或者，他会鼓励自己说："我一定要努力变成一只美丽的天鹅。超越自己不是梦！"

在心理学上，这是一种"暗示"的力量。它能伸一只无形的手到你的内心深处，帮助你即使在逆水中行舟依然能保持平稳与匀速；它能放一个念头在你的脑海中，让你相信"沉舟侧畔千帆过，病树前头万木春"；它能把清泉变为明眸，让你在沙漠里满眼看到的都是绿洲……只要你长着一双善于发现的眼睛，你就一定会欣喜地看到，这种暗示的力量不仅在文学中，而且在生活的场景中处处存在。

当我不再需要那些童话故事灌溉梦想的责任田，而是开始静静地反思前半生，并以之为镜正后半生衣冠之时，我便开始怀疑它们，甚至企图用锋利的"手术刀"划开它们美丽的外表，看看它们皮肤下面是否有血有肉有筋有骨。于是，我就找到了隐蔽在光鲜外表下面的毒瘤。"只要你曾经在一只天鹅蛋里待过，就算你是生在养鸭场里也没有什么关系。"这句话的可笑之处在于：生在养鸭场里的你，怎么知道自己"曾经在一只天鹅蛋里待过"？而且，就算"你曾经在一只天鹅蛋里待过"，那又怎么样呢？猪八戒还曾经是天庭里的天蓬元帅呢，不一样被一只猴子和一群小妖耍着玩儿？孙悟空曾经在冰冷的石头里待过，最后一样成为"斗战胜佛"。英雄不问出身。曾经在哪里待过并不重要，重要的是，是否在太上老君的八卦炉里炼过。

在某种意义上说，是否仍然喜欢读以及抱着什么样的态度去读"丑小鸭"变天鹅之类的童话故事，可以作为判断一个人心理年龄的依据。如果你是被"丑小鸭"感动，说明你还很幼稚、很单纯，同时也很上进；如果你是被讲故事的安徒生所感动，说明你已经很成熟、很理性，能够体察人世间的疾苦；如果你是被自己由"丑小鸭"到天鹅的故事所感动，那几乎就是"至善"的人生境界了。可惜，没有几个人能够真正达到，因为那需要深刻的自我意识和强大的自省能力，清醒地认识生命的本质和人生的真谛。

对于大多数人来说，人生的困惑在于，是在现实世界里做一只知足常乐的鸭子，还是在梦想世界中做一只不断承受磨难与痛苦的准天鹅。必须补充说明的是，所谓"磨难与痛苦"一部分来自外部世界的强加，更多的是来自个人内心的自我折磨。这种困惑，说到底来自两种不同价值观的冲突与矛盾——是甘于平凡，还是追求伟大。

这不禁让我想起很多年前在一本小说中读到的一句话：一个人总有些伟大，才能甘于平凡。我喜欢这句话，是觉得它一下子调和了"伟大"与"平凡"之间几乎无法调和的矛盾。正如我有时候需要"丑小鸭"赶走身上的惰性一样，我有时候也需要翻出这句话来安慰一下自己笨拙的灵魂。并且，还反弹琵琶的"创造"出一句更具阿Q精神的话："一个人总是因为太平凡，所以才不断地追求伟大。"

我坚信，现实世界中，每个人都兼具"鸭子"和"天鹅"的双重潜质。努力地由一只鸭子变成天鹅，固然可喜，但是，如果犯下南辕北辙的错误，没准儿你会由一只平凡的鸭子变成一只丑陋的秃尾巴鹌鹑。

我想要说的是，追求伟大并没有错，但是，在出发之前，一定要弄清什么是真正的伟大，它在哪个方向。否则，不如就甘于平凡吧，免得破坏生态平衡。

沉醉与觉醒

"沉醉"与"觉醒",风马牛不相及的两件事,或者说几乎相互矛盾与对立的两种形态,却因为某种特殊的原因,被我相提并论,的确有些不可思议。这就好比把猫和老鼠放在一个房间里,然后对它们说:"你们要亲如兄弟,因为你们本来就是难分彼此的兄弟。"依常理推敲,岂不可笑?

李清照有词云:"常记溪亭日暮,沉醉不知归路。兴尽晚回舟,误入藕花深处。争渡,争渡,惊起一滩鸥鹭。"如果被我用五笔输入法一不小心打成了"常记溪亭日暮,觉醒不知归路……"那一定会贻笑大方的——用五笔输入法,敲打ＩＰＳＧ四个键,对话框中就会出现"觉醒"和"沉醉"两个词,且"觉醒"在前,"沉醉"在后。如果没有选词,直接按下空格键,那就是"觉醒"了。失之毫厘,谬以千里,说的就是这种情形吧。再比如说,我想打"对话"两个字,一不小心落在纸上的却是"圣诞"一词——哈哈,都是"五笔"和粗心惹的祸。难为我还一直认为,在所有的输入法中,五笔是最好用的,几乎不用检字,所以打字的速度很快。

八月，我有大把的时间守在荷塘边，为我最喜欢的一朵荷花拍照。早上七八点钟的阳光真好，具有极强的穿透力，使雨后的荷塘更显得澄澈清明。叶儿格外的绿，花儿格外的红，叶和花上的每一条脉络都清晰地呈现在眼前。尤其可人的是，每一片叶子和花，在斜射的阳光中，都仿佛具有"起舞弄清影，何似在人间"的沉醉（或说陶醉）感。我以一片硕大的叶子做背景，以一朵含苞欲放的淡雅的荷花做主角，以一个青色的莲蓬做配角，细心裁剪，终于拍下一张我比较满意的主题鲜明的照片。我最满意的是，不仅照片中的花和叶都端庄秀丽，纤尘不染，超然尘上，而且，花和叶都有一个清晰的身影，每一片花瓣都"对影成双"，从而制造出很强的立体效果，使那花儿更加鲜活、生动，具有饱满的热情和深度的诱惑力，美得让人忧伤，仿佛一件精美的瓷器，生怕一不小心被打碎了。

"独乐乐不如众乐乐。"我终于决定放弃独享其乐，把照片发到如今这个时代最汇聚人气的网络上，希望有人与我共享其美。我为照片命名为"阳光里的沉醉"，但是，一不小心却打成了"阳光里的觉醒"，如是反复几次，才察明原委，大概是因为我在输入的时候只看键盘——我还不能做到盲打——不看显示屏（因此没有检字）造成的结果。

如此偶然且无心的过错，却在我的脑海中挥之不去。我总是在想"沉醉"和"觉醒"这两个词。我不禁反复地问自己：荷花在朝阳里含苞欲放且收的样子，到底是"沉醉"还是"觉醒"？或者两者水乳交融般地兼而有之？在如此澄澈清明、温暖和谐的氛围中，沉醉是必需的，是对世界、对生命的一种享受；"觉醒"也是必须，播撒芳香，呈现美丽，是对生命的珍爱，是一种高度的自觉性和奉献精神。

行文至此，我不禁想到三个人，以及他们的诗词、文字、故事。

第一个人是苏轼。且看他被贬为黄州团练副使期间写下的《定风波》一词："三月七日，沙湖道中遇雨，雨具先去，同行皆狼狈，余独不觉。已而遂晴，故作此词——莫听穿林打叶声，何妨吟啸且徐行。竹杖芒鞋轻胜马，谁怕？一蓑烟雨任平生。料峭春风吹酒醒，微冷，山头斜照却相迎。回首向来萧瑟处，归去，也无风雨也无晴。"多么豪放、旷达。天高地阔，大丈夫行于山水之间，何惧风雨。穿越千年的历史，我仿佛听到他洪钟一般朗朗的笑声。这难道不是"沉醉"与"觉醒"水乳交融的极致？

第二个人是欧阳修。且看他千古不朽的《醉翁亭记》："……醉翁之意不在酒，在乎山水之间也。山水之乐，得之心而寓之酒也……树林荫翳，鸣声上下，游人去而禽鸟乐也。然而禽鸟知山林之乐，而不知人之乐；人知从太守游而乐，而不知太守之乐其乐也。醉能同其乐，醒能述以文者，太守也。太守谓谁？庐陵欧阳修也。"观此文，你说他是沉醉着的，还是觉醒着的？我说他是身体沉醉在酒中，灵魂却清醒地悠游于人生天地间。正是"醉"与"醒"的完美结合，才催生出名垂千古的美文。

第三个人是弘一大法师。在他生命的最后一刻，十分平静地——其实很可能是十分激动地，经过多年的潜心修行，早就习惯成自然地把内心的激动掩藏于外表的平静之中——写下了"悲欣交集"四个大字。很多人认为"悲欣交集"和"难得糊涂"一样令人难解。行此文时，我忽然觉得，这"悲欣交集"恰恰是"沉醉"与"觉醒"的水乳交融——因为过于沉醉于人生的体验中，所以最终觉醒于人生的体验中。对于弘一大法师来说，人生就四个字——悲欣交集。由此观之，弘一大法师堪称真正的体验大师。

如果说，生命的过程重在体验的话，我想，集日月之精华、采天地之灵气、百炼千修方有幸得来一次的生命，哪怕仅仅是一株植物，都应该在生命的过程中同时具有"沉醉"与"觉醒"两种状态，在沉醉中觉醒，在觉醒中沉醉，醉与醒都恰到好处便堪称完美。像荷花一样，既享受着生命中的阳光，又向世界呈现一种美。

周末。闲游。

上午，去凤凰山公园散步，在我经常走过的小水池边，大柳树下，一群鸟类摄影爱好者早早地就聚集于此，仿佛某个王朝时代，那些手持笏板、身着朝服的大臣，在大殿门外等候上早朝一般热闹。据说，他们在等一只名叫白领凤鹛的小鸟飞临于此，洗澡或觅食。

"鸟粉儿"们彼此很热络地打招呼，聊天，仿佛很熟悉的样子，其实，他们之中的一些人不过是第一次相见，但是，要提起各自在"圈子"里的网名，对方便会恍然大悟一般地说："哦，原来您就是……，知道，知道。"所谓同声相应、同气相求是也。

当然，"鸟粉儿"们穿的不是朝服，而是能够抵御严寒的厚厚的羽绒服，他们手中也没有笏板，没有什么"本"要上奏天子，倒是各自在身前架着一门"大炮"——拍鸟专用的长焦镜头，看起来就像大炮一般威武。他们个个都是抓拍能手，把鸟儿在瞬间所表现出来的精彩，定格成数码影像，供人欣赏。

说实在的，拍个鸟可真不容易。从物质到精神，从身体到心灵，从时间到精力，从热爱到审美，需要投入的太多。当然，乐在其中，所有的付出便都值得，一切累与苦，也都甘之如饴。人生嘛，除了奋斗，业余爱好也是必需的。所谓全面发展、自由发展，在这些非功利性的业余爱好中，体现得更加充分。人们渴望的美好生活，说到底就是有条件做自己想做的事。

"鸟粉儿"，是我对鸟类摄影爱好者的戏称。

追星时代，很多年轻人齐刷刷地成为"某粉儿""某团儿"，仿佛不如此，你就 OUT 啦，真是让人费解。在我成长的年代，人们都崇拜英雄，崇拜劳动模范，崇拜雷锋、张海迪式人物。而我，最崇拜的，当数老一辈无产阶级革命家，每每听到他们机智的、艰苦奋斗的故事，读到他们的至理名言或者豪言壮语，都仿佛在黑暗中点亮了一盏灯，眼前陡然开朗、明亮起来。也许，这就是所谓的"时代烙印"吧。

不得不承认，每个人一生下来，就注定属于某个时代。他生活在那个时代，恰如鱼类生活在特定的水域里，至于是一片浅浅的水洼，还是幽深难以见底的水潭，是奔流不息的大江大河，还是广阔无垠、掀起惊涛骇浪的海洋，全由不得自己做主。一个人被动地来到人间，尿布或者尿不湿，都是别人为你准备好的。在自我意识觉醒之前，你没有任何选择的权力。

自我意识觉醒之后，大部分人都选择顺从时代，适应环境，力争安稳谋生。但是，总还有一些不屈服于命运，不屈服于时代，不屈服于强权的人，起来抗争，推动科学的发展、技术的革新、思想的进步等。由是，历史的车轮才能不断地滚滚向前。

这样一想，就可以开个玩笑说，我们，正活着的一代人，正处于历史的最前沿。但是，很快，长江前浪就会被后浪拍在沙滩上。所以，每个人要思考的，除了时代主题这样宏大的命题，更实际的就是怎样过好自己的一生，再现实一点儿说，就是怎样过好自己的每一天。

当我终于穿透人生的重重迷雾，懂得这个其实很浅显的道理时，我就决定，力争每天都要在踏踏实实中快快乐乐地度过。不管你遇到什么样的天气、什么样的人、什么样的事儿，情绪最终是由自己掌控的。善于掌控情绪的人，最终能够掌握平稳的人生。

在凤凰山公园，我这个"鸟粉儿"并不专心坚守在拍鸟的阵地上，做一会儿看客，知道他们今天拍摄的目标，我就要到处散步去了，只等晚上，在圈子里欣赏他们的大片儿。他们有拍摄的乐趣，我有欣赏拍摄结果的乐趣，在这方面，我不追求亲力亲为。

还是喜欢看植物。虽然，在这个寒冷的季节里，不再五彩缤纷，不再苍翠欲滴，不再蜂飞蝶舞，但是，仍然有可供欣赏的妙处。

首先就想到去看看我那位"大眼表妹"——一棵浑身长满"眼睛"的杨树。与去年相比，它明显地粗壮了很多，因此"眼睛"也就更大一些，那些"眼睛"其实是枝条被砍断后，在树干上留下的疤痕，形状极似动物的眼睛，且炯炯有神。之所以称这棵杨树为"大眼表妹"，是因为今天早晨微信忽然收到一条问候语，是小我十几岁的大眼睛的表妹发过来的，灵机一动，我就把"大眼表妹"这一亲切称谓赠予了这棵杨树，祝她茁壮成长。

因为是周末，散步的时间很充裕，东瞧瞧，西看看，见到觉得好玩儿的、有意思的东西，就用手机拍下来。今天天气很好，几乎每一张有天空做背景的照片，简单调一下色彩，就蓝得不可救药，让人觉得美美地，内心的情愫也和天空一样澄澈无比了。

第二辑

周末去看
胭脂花

漫步随想记

　　今天是公历 2020 年 5 月 5 日，恰逢立夏。这就意味着，2020 年的春天已经走完它从冰封到花开的全部历程，要把手中染满各种香气的接力棒递给夏天，一个火热的季节由此拉开序幕。真心感叹时光的飞逝！不知道是应该欣喜我的人生又多了一个春天，还是应该叹惋我的人生又少了一个春天。想想也是有趣儿，人生在任何时候都好像是一脚门里、一脚门外地跨在门槛上，进或者是出，像一个外人猜不透的谜局。对于活了半个多世纪的人来说，尤其如此。且行且珍惜吧！

　　大陆性季风气候决定了我们所处的地区温度与湿度亲密如孪生兄弟，行动高度和谐统一、步调一致。从昨天晚上开始，至今天中午，屋外一直处于阴雨连绵的状态，街面上亮晶晶的，闪着白光，低洼处存着积水。如此这般，仿佛春与夏在完成一种交接仪式。下午四点，眼看着街上的行人不再打伞，我才决定去城西的水边走走。出门后方觉仍有零星的雨点时不时地落在头上、衣服上，引我担心。

　　"立夏阴雨多，河边草木苗。凉风阵阵袭，花瓣簌簌落。前有垂钓者，寂静水边坐。矫矫飞燕子，轻轻点水过。"穿过大约500米的喧嚣，与各种车辆和行人擦肩而过之后，行至河边，视野立时开阔起来，心情瞬间如秋水一般澄澈，一些杂七杂八的念头四散奔逃，无影无踪，唯余美景入眼入心。

沿水徐徐而行，但见黄色的鸢尾花以其明媚鲜妍点亮河边的风景，悬铃一般一串串挂在枝头的香花槐花朵极其精巧艳丽，竟惹我心生羡慕，引出一段空想："有颜若此，何须百日红！"每每被动人的花色吸引，我的内心总会生出惆怅之感，但还不至于像杜子美那样潸然落泪，因为我既没有他那样动荡如激流一般的人生经历，亦没有他那样细腻如花瓣、敏感如悬丝一般的心灵。他的坎坷是他的不幸与幸；我的平淡是我的幸与不幸。

万物的玄妙就在于，刚刚它还是它本身，转瞬之间，它可能已经成为它本身的对立物或别的什么。正如一朵花，它带给我喜悦的心情，同时也会引出我的忧伤与迷茫。所以，我的经验是，不能长时间凝视一朵美丽的花，否则可能会陷入某种深渊之中，成为一种牺牲。

意识到自己正陷入一种遐想之后，我立即将视线从香花槐诱人的色相转移开，我不能让自己陷入某种"灾难"之中，那不是我出来散步的目的。转身的一刻，赫然发现洁白的太平花被雨水打得湿淋淋的，仿佛一双双泪汪汪的眼睛，楚楚可怜地望着你，在香花槐身边。

重新描述一遍，当我走到河边的时候，我的脚步和目光依次经过黄色鸢尾花、桑树、香花槐、太平花。它们高低错落，互不相扰，各自开着花、结着果，以红、白、黄、绿描绘身处的世界，它们共处于几十平方米的狭小空间，彼此心平气和，仿佛守着君子之约：和而不同，周而不比。

黄色鸢尾花，植物学名称为黄菖蒲，别称水烛、黄花鸢尾、水鸢尾花等，是多年生湿生或挺水宿根草本植物，植株高大，根茎短粗，叶子茂密，生命力强，是水边极好的观赏植物，原产于欧洲，现我国各地常见栽培。我喜欢叫它黄色鸢尾花，不喜欢叫它黄菖蒲，因为"菖蒲"在我老家被称为"臭蒲"，而且菖蒲与黄菖蒲根本就不是一个科一个属的。菖蒲是天南星科菖蒲属植物；而黄菖蒲是鸢尾科鸢尾属植物。

白皮松的雄花，经过雨水淋浴之后，金黄的颜色特别醒目。尽管如此，我想，对于大多数人来说，它的可观赏性被之前次第开放的山桃花、杏花、桃花、海棠花、梨花冲击得溃不成军，被忽视是必然的。不过，站在松的角度去想，开花的目的显然不是吸引人的目光，甚至也不需要谄媚蜂蝶来帮它们传粉，借助于风的力量就能完成使命。

端详白皮松的雄花，结构十分精致，肌理感超强，让人产生抚摸的欲望。当然，我终究没有去摸它，我担心它并不能引起我触觉上的愉悦，反而可能粘一手甩也甩不掉的花粉。

走着走着，就来到一棵银杏树下。我知道那是一棵雌树，直到今年春天，它的枝头还挂着很多去年结下的果实，地上堆积的落果特别多，散发着一股不太好闻的味道。春天时，我曾想着适时来观赏一下它的花朵，如今看来是错过机会了，心生遗憾，不禁在朋友圈发一通感慨："总有一些事物，倏忽之间就错过了。比如说，我想看银杏树的雌花，并且根据去年的果实，记住了哪一棵树是雌树，想着开花的时候一定要记着来看，但是，因为别事繁忙，竟然忘记了心中的暗许，直至，银杏绿色的小果实，碧玉珠子一般垂悬在繁茂的枝叶间，才惊愕地发现自己又错过了某个花季。人生如此这般错过的，肯定比偶然相遇意外得到的更多吧？我们总是惊喜于意外的相逢，遗憾于本该拥有的相约，在得与失的跷跷板上，我们只能居其一头。这便是人生。不要说惊喜，也不必说无奈，随遇而安就好。桑葚正走向成熟。"

是的，桑葚正走向成熟，不久，它将汁液饱满且酸甜可口地供鸟儿们大饱口福，当然，还有人类。这是很多人美好的记忆。

早晨，上班前，依旧是在凤凰山公园散步，走熟悉之路，睹熟悉之物。在这个并不富于变化的季节，自然之外物，见与闻如同不见与不闻，很难带给人感官上的刺激，因此，大有"温水煮青蛙"的况味。

虽然这样说，但是，当我在一片野牛草丛中，看到一朵（唯有一朵）红艳艳的牵牛时，还是忍不住心动，犹豫一下之后，趋前，俯身，用手机拍了两张照片，然后发到朋友圈，题名为"独秀"。

让我觉得特别有趣儿的是，那朵牵牛花的喇叭口是垂直向上的，高度超出了牵牛花的植株，因此，如果你从它的头顶垂直向下看的话，八成只会看到一个红色的"漏斗"。那么，从这个"漏斗"里漏掉的会是什么呢？

我知道，朋友圈里的朋友看到牵牛花的照片所产生的感受，与我在散步时突见此牵牛花所产生的感受肯定是不同的，说不定还会有人戏谑："如此庸常之物有什么可拍、可发的？"

不是因为我的生活太空虚，实在是因为联想太丰富。那是一棵不大的牵牛花，不过只有几片叶子，而且我所见的，是它生命里开出的第一朵花，大致相当于一个怀才少年初尝成功的喜悦吧？从此，更加坚定对理想的追求，喜迎风雨雷电，乐见阴晴圆缺。

想来，自己也曾经年轻过，朝气蓬勃，对未来充满希望与信心。三十年前的我，不正如眼前的这棵牵牛吗？如今，站在五十几岁的台阶上，回望青春，一切都是那么美好，烦恼着也快乐着，辛劳着也收获着，唯觉时光太匆匆，很多东西似乎还没来得及仔细品味，就不经意地从眼前滑过了，如同站在河水中间，有一条鱼倏地一下，擦着你的肌肤游过去，你只顾到它的大致轮廓的影子，来不及细观它的全貌，但是，就是那种"轻轻地滑过"的感觉，让你刻骨铭心，让你从心底里羡慕那条鱼的矫健。N 多年前，我就写过这样一篇文章，题目就是《轻轻地滑过》。

仔细想想，在你散步的路旁，有一株牵牛，奋力地向上托举着它此生的第一朵鲜花，虽然不是专门为你而开，但是，相遇了便是惊喜，由此带给你人生的回味，带给你昂扬向上的力量，岂不有趣？

过了一段时间，又走过了好一段路程，当我还沉浸在那朵牵牛花带给我的喜悦与联想时，却见一只小麻雀，忽地一下，贴着地面，从我的身后飞到身前，很轻松自如地落在草地的边缘，东张一下，西望一下，并不怕人，大概是在寻找草地上的虫子，它小巧的身材以及可爱的小动作，令人莞尔。

那一刻，我面带笑容地从小麻雀身边走过，并没有在意它是否飞走，它有它的意愿，我有我的心思。我一边走路，一边在心里琢磨出一副对子："见花开则喜，闻鸟鸣即欢。"想了想，狗尾续貂地又添加了几句："有书香相伴，得知己唱和。虽平凡人生，亦可无憾矣！"

寂寞

在动笔之前，我决定先查一查《现代汉语词典》，以便更准确地了解"寂寞"一词的含义，从而更精准地表达我想要表达的东西，尽量避免"所指"与"能指"相混淆。

在上一段儿文字中，我用"了解"一词，而不是"理解"，因为，"了解"和"理解"应该是两个完全不同概念的词语，我以为。尽管在《现代汉语词典》中，对"理解"的注释是"懂；了解"两个意象，但我还是固执地认为，了解并不等于理解。最近，我越来越觉得，语言能够表达的东西很有限，只能意会不可言传的东西越来越多。究其原因，我以为，人们对语言的理解也存在"盲人摸象"的现象，所以，生活中的相互误解与文学中的深度误读比比皆是。

随着社会开放度不断加深，价值观越来越多元化，人们的思维模式也不断创新，作为沟通媒介的语言，其"表情达意"的功能大有今日股市的特征——弱势震荡，整理向下——但愿这只是我个人因为"老了"而产生的错觉，否则，我真不知道该如何安慰我曾经自以为"对语言的理解力很强"的受伤的灵魂，除了自嘲。

奔驰于信息高速公路上，鄙人常感耳目越来越不中用了，大脑 CPU 远远跟不上观念更新、思维升级、信息堆积、风云变幻的速度，于是，不得不一边感叹"五色令人目盲，五音令人耳聋"的老子训诫，一边心有不甘、气喘吁吁地拼命想要赶上"潮流"，生怕一不留意或者一觉醒来，发现自己 OUT 了，或被人大声指斥"你 OUT 了！"。

如果你真的很不幸地"OUT"了，或者"被"OUT 了，那么，等待你的注定只有一个结局——冷清、孤独、忧伤与彷徨，或曰：寂寞。

从很久以前，"寂寞"这个词就时不时地光顾我的脑海，但我总不能确定我所理解的"寂寞"与词典上作为词条的抽象的"寂寞"是不是同一个意思；与我所喜欢的词人们所云"寂寞梧桐深院锁清秋""拣尽寒枝不肯栖，寂寞沙洲冷""春归何处？寂寞无行路"的"寂寞"是不是同一个意思；更不能确定"寂寞"是一种状态，还是一种情绪；是一种客观存在，还是生命的某种体验；是来自别人的评说，还是向别人的一种诉说；是被动地极力希望摆脱的处境，还是主动困于其中韬光养晦、塑造自我的明智选择。

那个高唱着"古来圣贤皆寂寞，惟有饮者留其名"的浪漫派诗人，无论其外表多么狂放不羁，都难以掩饰其内心沉沉的寂寞，明知"举杯消愁愁更愁"，还要声嘶力竭地高呼"五花马，千金裘，呼儿将出换美酒，与尔同销万古愁"。

由此诗句，我常常想，是寂寞生愁，还是愁生寂寞？或者，寂寞与愁本是同根生，一个成了豆子，一个成了豆萁。那么，生产"愁"和

"寂寞"的根又是什么呢？

一个简单的追问，总是有着复杂的答案，所以，我常常不敢追问，不愿追问，生怕一追问不仅没有得到满意的答案，反而因为答案的扑朔迷离不慎滑进一个不见底的深渊。与其如此，不如任凭"愁"和"寂寞"一类的东西就像卡夫卡的"城堡"一样摆在那里算了，反而具有"谜"一样的恒久魅力。

特别有趣的是，两次，当我以散步的方式，自东向西，走在同一条街道的几乎同一个地点，一面感受着风的吹拂，一面目睹车如流水一般从身边迎面而来又背道而驰，一瞬间，我的脑海中跳出"寂寞"一词，毫无防备。这两次重复的经历，在时间上的不同点是，一次在暖春，一次在炎夏。这两次重复的经历，在时间上的相同点是，皆于早上。

我不敢追问为什么，也不想追问为什么。只愿意独自享受并反复咀嚼这奇妙的一瞬间，并且以"寂寞"为题拉拉杂杂地勉强成文。

我从《现代汉语词典》上查到的"寂寞"一词的解释是这样的：①孤单冷清；②清静，寂静。我想，除此之外，寂寞应该是"剪不断，理还乱，是……（此处各人随意填），别是一番滋味在心头"的东西，是常常挂在文人口中，写进文字的东西，不是老百姓的油、盐、酱、醋。寂寞，很难耐，又很享受，像刘伶的酒，只是，有的人醉后耍疯，有的人醉后显真情。

去岩村

在庞博的笔下，岩村简直就是一个世外桃源，山川壮美，草木茂盛，鸟鸣四野，田园秀丽，瓜果飘香，人心古朴，风物静美，仿佛一切都没有受到现代文明的熏陶和污染，没有任何丑陋与不堪，一切都是自然而然，一切都内含着宁静与恬淡，一切都具有强烈的亲和力，一切都值得人们去赞美或者怜悯。人们日出而作，日落而息，凿井而饮，围栏而居，与春花同光，与秋月共尘，寒来暑往中尽显生活的从容，云卷云舒中昭示人心的安宁。仿佛时间在此放慢了脚步，或者时间在此变成了夏季晴天里的一片白云，悠闲地挂在树梢上，风不吹，它不动，一副慵懒倦怠的样子，完全失去了城市生活中人们所感受到的时间的逼迫力……因此，若干年以来，我一直有一个愿望，就是和庞博一起，去"她的岩村"看看，转转，感受一下村子里的气氛和乡人的气息，看一看在时间和空间都发生了位移的情况下，乡村是否仍有我少儿时期特别熟悉的况味：鸡鸣犬吠，炊烟袅袅，藤萝成架，燕燕于飞。

"绿树村边合，青山郭外斜。"这是我所熟悉的村庄模式。另外，除了绿树、青山，基本上还要有一条或深或浅，或宽或狭的河流经过村庄或环抱着村庄，然后，青山、树林、河滩成为少年儿童们最初探索世界奥秘的乐园，也是少年儿童们理解和实践"天人合一"的最佳之地，他们像鱼儿游乐在沙石与水草之间一样，游乐在自然的各个场所，享受上天赋予人类与生俱来的某种快乐，不需要付出金钱的成本，只凭着手中握有的从上帝那里领取的无价证券：一份天真与无邪，一份好奇与执着，一颗童心与痴迷。

想去岩村走走的另一个动因是，那里是著名诗人韩文戈的老家，我好奇地想要知道诗人小时候的生存环境，想要知道一个怎样的小山村养育出一位以隽永的文字歌颂生命、歌颂灵魂的伟大诗人（在我眼中，除了那些假诗之途沽名钓誉的伪诗人之外，真正热爱诗歌、执着于诗歌创作的诗人，都是伟大的）。在那个小山村里，诗人的成长与普通人的成长有什么不同？一样的灵秀之地，偏偏他比别人更加出类拔萃。

一切夙愿的得偿，总是要缘于某个契机。今天，包括庞博在内，我们一行七人去迁西县庞庄考察当地的野生植物。下午回程途中，车辆行驶在弯弯的山路上，庞博说顺便带我们去岩村转转。"哦！太棒了！终于要去岩村了！"我在内心欢呼不已，仿佛要去见一位神交已久却始终不曾谋面的老朋友。

因为最先知道"岩村"这个名字，是通过读美女摄影师兼美文作家庞博的文章才知道的，她把岩村拍的、写的都特别美，我相信每一个读过她写岩村系列文章的读者，都会在内心深处产生一种去岩村看看的愿望，所以，若干年以来，我习惯于称岩村为"庞博的岩村"。我称岩村为"庞博的岩村"，也是指从她的视角看过去的岩村，她笔下的岩村，她与之心灵交汇的岩村。因为我一直相信，每个人看事物的立场和角度是不一样的，对事物的感受也因人而异，因此，事物呈现在每个人面前的面貌也截然不同。唯其如此，我们才可以理直气壮地说"万物与人心是相通的""万物各美其美，美美与共"。

到了岩村我才知道，原来"岩村"是庞博赋予它的称谓，或者庞博称它为岩村也是因为从本村走出的那位叫韩文戈的诗人，他在诗中称自己的老家为"岩村"。在中国的行政区划中，它正式的称谓是：韩岩头。"韩岩头"三个字端端正正地刻在村口的一块大石头上。按当地方言，"岩"不发 yán 这个音，而是读 nié 这个音，hán nié tóu。的确是一个依山傍水的好地方。村庄不大，刚好夹在山与水之间，绿树掩映中，约有二十几户人家，都是低矮的旧房子，每个院落也都不大，方方正正，尽是用石头垒成的墙。

深入村庄，庞博指给我们看诗人韩文戈从小生活过的院子，矮旧的老屋，房顶加固了一层红色的彩钢瓦，呈人字形矗立，十分醒目，使它看起来有鹤立鸡群之感。我们只是从旁边经过，并没有深入其中，从旧物中猜想诗人童年生活的愿望，简单地用手机拍几张照片，然后，一个转弯儿，拐进了另一条十分狭窄的小巷。那条巷子的宽度，竟然让我一下子想起历史深处一种古老的交通工具——独轮车。此时，如果恰好有一个人推着独轮车从对面走过来，我必须侧身为他让路，方不至于发生交通事故。幸好巷子两边的墙，只有一人来高，如果再高上一倍，我甚至会怀疑那不是一条小巷，而是两堵高墙之间略为宽松的一条缝隙。巷中荒草丛生，多为地肤，高可没膝，有小虫取食其上，目光稍作停留，便见两只长角小蛾缱绻缠绵。穿行在小巷之中，有走在历史深处的别样之感。

村后，在一片洼地上，有一座看起来十分具有年代感的黑黢黢的水泥板桥，傍晚的阳光正好斜射在板桥之上，庞博、耿宁、我，三个本性好静的女人，突然闹腾起来，像走T台一样，拿捏各种姿态，在板桥上来来回回地走，一泓水用他手中的大相机为我们拍照留念，我们像孩童一样，玩得不亦乐乎！植保专家张玉江老师和他的夫人，专心考察桥边的植物，不肯参与我们的热闹中来，通过四张嘴的极力劝说，他们才终于半推半就地在桥边的一块大石头上坐下，亲亲昵昵地合影留念。原本寂寥的小山村，一下子充满了欢声笑语，怕是连鸟儿都不太习惯吧，拖着长尾巴的喜鹊，叫喳喳地从我们头顶飞过，落到不远处的地头上。

需要特别说明的是，因为离山太近，冬季，下午两点之后，村子就被遮蔽在山的暗影里，早早地黑下来，很不宜居，所以，村子里仅剩下几户人家在居住，且多是故土难离的老人，余者都搬到了新村（在别处选址，另建一个"韩岩头"），或者干脆去了县城居住，老村很快就要让位给植物和各种野生动物了。我们这次去，就看到许多老房子、老院子，敞着门户，任庭院与屋顶荒草萋萋，任东南西北风随意穿堂而过。一只特别受乡村人敬畏的黄鼬，在我眼前，快速跑进一座空屋。如果那是一只刺猬，我可能会追上去，摸它一摸，感受一下它背刺的坚硬。

"如果我妈妈还活着／她一定扛着锄头／走在奔跑的庄稼中间／她要把渠水领回家／／在晴天，我想拥有三个、六个、九个爱我的女人／

她们健康、识字、爬山／一头乌发／一副好身膀／她们会生下一地小孩／我领着孩子们在旷野奔跑／／而如果都能永久活下去／锁头、冬生、云、友和小荣／我们会一起跑进岩村的月光／重复童年／／我们像植物一样／从小到大／再长一遍"

重读诗人韩文戈的《植物都在奔跑》一诗，内心特别强烈地感受到，女人和村庄具有相同的气质，孩子和植物具有相同的气质，孩子们在女人的怀抱中长大，孩子们也如同植物一样，在大地（旷野）的怀抱中长大，这个"怀抱"让人如此眷恋，以至于诗人的一个愿望竟然是"如果都能永久活下去，锁头、冬生、云、友和小荣，我们会一起跑进岩村的月光，重复童年。我们像植物一样，从小到大，再长一遍"。这是否可以理解为诗人的"童言无忌"？对于长大后远离故土的诗人而言，家乡就是童年。对于从小在村庄中长大的我来说，村庄就是我的童年。我欢呼雀跃着想要去岩村的第三个动因，不正在于此吗？

　　静下来，回想一下这两个周末所经历的情形，忽然忍不住偷偷地笑了，因为那着实是一个鲜明的对比，而这种对比又不是刻意为之，没有任何预谋，完全是在我回想的时候，触动了某根神经，才猛然意识到的，因此，越发觉得有趣儿。

　　11月2日，周日，天清气朗，与先生、友人组成4人团一同游览遵化市禅林寺景区，访千年古树，登万里长城。11月9日，周日，天清气朗，与先生一起，第N次游览曹妃甸湿地迷宫，赏成片芦苇，听百鸟鸣唱。两次出行，有趣儿的对比在于：从地理方位上说，以我的家为出发点，遵化禅林寺在北，曹妃甸湿地迷宫在南。从地理特征上说，禅林寺靠山（深山藏古寺），海拔高，应该在300米以上；曹妃甸湿地迷宫临海，海拔低，应该不足10米。北去看山，南去观海，不仅在地图上属于"北上南下"，就实际跋涉而言，也是实实在在的"北上南下"。如此巧合，岂不有趣儿？

　　禅林寺坐落于遵化市五峰山之瑞云峰前，原名云昌寺，建年无考，后经东晋重建、辽统复修，更名为禅林寺。该寺毁于抗日战争时期，公元2000年重修，颇具规模。不过，我们此行的目的不是参禅礼佛，而是为膜拜寺院周围的13棵古银杏树。那些树，我在夏天时已经一一仰望过了，其青翠欲滴的样子让我觉得它们虽已有了一大把年纪，却依然壮硕得像青年一般，尤其是其中被命名为"龙种"的唯一的雄性，更是出类拔萃。另一棵被命名为"四世同堂"的雌树，其奇趣在于四棵明显生于不同年代的树居然长在同一个怀抱里。据考证，这些银杏植于汉代，距今已有2000多年了。我与先生因为想象着它们在秋天身披"黄金甲"的样子应该更美，所以才背着照相机，扛着三脚架，故地重游，再访古树。不承想，"龙种"身上已经没有半片树叶，只有光秃秃、钢铁一般的干与枝，倔强地挺立在大风之中，倒是附近新植的小银杏树在明晃晃的阳光下，煞是金黄。失望之余，我倡议："既然错过了美景，我们就拥抱一下'龙种'吧，也算沾沾仙气。"结果，我们四个人手拉手，刚好把"龙种"抱在怀里。

简单地参观了一下寺庙的建筑之后，我们就向着五峰山顶端的古长城进发。一路尽享爬山的乐趣，偶有松涛之声，更显山野之空旷与幽静。我常常觉得，处在空旷与幽静之中，人会变得纯粹一些，心里的善念会增加，灵魂会因此变得干净一些，伤肝伤肺的欲望断了，身体好像也轻盈许多，虽然还不能像雄鹰一样展翅翱翔，但是，胸中已经自有一片广阔天地，任思绪像云朵一样随意飘飞，细细体会古老道家"天人合一"的哲学含义。在付出了体力与汗水之后，在"会当凌绝顶，一览众山小"的那一刻，小伙伴们都陶醉于此行最终极的享受之中：头顶着无限高远的天空，无休无止的蓝纯净得居然容不下一片云朵；脚踩着无限辽阔的大地，山脉在眼皮底下起伏连绵，苍茫成一片。再也没有任何东西阻挡我们的视线，我们可以随意向四周眺望：近处的村庄，远处的城市，山脚下的湖泊，山脊上的长城，绵延于大山之间的高速路，等等。大风吹乱我们的头发，吹皱我们的衣衫，吹跑我们的高声呐喊，以此欢迎我们莅临它的地盘……哈，如此顶天立地，我都不知道自己是否该自认渺小，是该激动还是该静静地冥想。不经意间，我的脑海中就蹦出《三字经》中的两句话："三才者，天地人。三光者，日月星。"——噢，忘了说，在此行到达的最高处，踩在我们脚下的不是山，而是建筑在山顶之上的长城城台。这便应了王之涣"欲穷千里目，更上一层楼"的说法。

曹妃甸位于唐山南部沿海、渤海湾中心地带，是一个东北—西南走向的带状沙岛，为古滦河入海冲积而成，至今有 5000 多年的历史。原本不过是海边一个寂寂的沙丘，一片荒芜的浅滩，却因为现代工业的快速发展而具有了极大的投资价值，被开发成我国首批循环经济示范园区，高举"科学发展"的大旗，吸引着国内外经济界众多人士的目光。

不过，我所感兴趣的不是代表经济发展方向的曹妃甸工业园区，而是作为鸟类天堂的曹妃甸湿地迷宫公园。已经满头花絮的芦苇在冬日的阳光下闪烁着诱人的金黄。它们细细密密、挤挤挨挨地生长在一起，手牵手、肩靠肩，互相连成片，为鸟儿们营造出一个可以立命安身的乐园。有人工铺设好的木栈道，一直延伸到湿地中心；有用原木搭建的观测塔，可供游人在高处俯瞰与瞭望；有游船可供游客沿水路抵达迷宫深处。如此一来，湿地不仅仅是鸟类的天堂，更是游客亲近自然的乐园。想想吧，有鱼在你脚下闲游，有鸟在你身边筑巢，成片的芦苇把你包围在中间，仿佛你正和谁做着捉迷藏的游戏，突然，鱼儿惊窜，鸟儿惊起，你打扰了它们的好梦，它们回报你一个惊喜……如此心旷神怡，总能让人欢喜、尽兴，满意而归，归去不久复重来。

你看，一次北上，一次南下；一次登高，一次就低；一次访古，一次赏新；一次攀山，一次望海；一次拥抱参天大树，一次手捋细软芦花；一次把自己置于无上的高处，一次让自己低到草芥之下。多么鲜明的对比，而这种对比不夹杂任何是非、高下、胜负、优劣之评判，只成其趣儿。我便在这"有趣儿"中感悟天地之大美，万物各美其美。

金黄的柿子挂树梢

——谨以此文纪念 2013 年 10 月 19 日迁安山叶口之行

十月下旬，你随意走进一个小山村，就可能惊喜地发现，北方农家小院儿的房前屋后，柿子树已经脱落了一大半儿的叶子，枝干半裸，光秃秃、黑褐色的树梢上挂满硕大的果实，金黄金黄的，在阳光下生辉熠熠，在习习的秋风中微荡，在睽睽众目前陶醉，在人们殷殷的期待里丰收，仿佛它们处心积虑，从春到秋，从花到果，从青到黄，步步为营，日积月累，老谋深算，就是为了在此刻，以这样的方式，向人们炫耀它们诱人的美。

果木的阴谋大抵如此，它深知人们牢牢惦念的是果实的甘甜，所以，总是在成熟之前，小心翼翼地用浓绿且茂密的叶片遮盖住自己的青涩，以免哪个心急而又贪馋的家伙坏了自己的名声，只待合适的机会，齐刷刷地向人们展示它的丰硕成果，像 T 型台上靓男美女的闪亮登场，一下子就攫住人们的目光，惊诧，赞叹，欢呼，艳羡，不绝如缕。果木喜欢以这样的方式让人们期盼甜蜜的秋天、亮丽的秋天、丰收的秋天、充溢洋洋喜气的秋天、令勤劳的人们无限回味的秋天早日来临。

而当秋天真的来临，漫山遍野果香弥漫，霜叶灿烂，秋草颤颤，多愁善感的人又以"洞察秋毫"的敏锐，突然看到了秋天的背面，肃杀，萧瑟，清冷，露结为霜，虫鸟匿迹，大风起兮，于是，因无力挽留人生大好时光而产生"悲秋"的情绪。再没有一个季节，像秋天这样，让人浮想联翩、心绪复杂、刚喜又悲、悲时生悔、悔而生叹、叹后生怜，最惹人怜爱者，莫过于秋水、秋月、秋风、秋实。小心在你"悲秋"之时，秋天的时光在一悲一叹间悄然流逝，无痕无迹。所以，与其无谓地"悲"，不如快乐地"赏"。岂不知，在人类患得患失之际，果木们已经带着完成使命的快感准备在大好的冬天睡个长觉，养精蓄锐，等待下一个春秋，开花，结果，周而复始。

从第一眼看到金黄的柿子挂满枝头，到把随身携带的相机从包里抻出来，再到把相机的镜头对准结满累累硕果的柿子树，选好拍摄的角度，调整光圈与焦距，虽只短短的片刻时间，缥缈而迅速堆积的思绪也禁不住像被风吹动的云一样翻卷、变幻，很会见缝插针，以至于在我按下快门之后，不得不自嘲一下，以警示自己的"多情"和"早生华发"。

我想对先生说，人应该向这些果木学习，知道在什么时候应该藏而不露，也知道在什么时候应该露而不藏；藏是为了增益自己的深厚与丰美，露是为了向世界贡献自己的甘甜与智慧。可是，话一出口却变成了："每次看到金黄的柿子，我都会想起我的姥姥。"

这是一句真话。

每个人和世界建立起亲密的关系，都有其特殊的，甚至是独一无二的通道，这与个人生活的时代背景和具体经历直接相关，因此，每个人眼中的世界也都是不同的，世界在众人面前呈现出复杂多样性。上帝以这样的方式告诉人们，每一个生命都是独一无二的，每一个人的生命历程都是无法复制的，因此，每一个生命都值得珍惜与尊重，哪怕是生活在最贫瘠土地上的一丛荆棘。

我之所以在每一次看到金黄的柿子的时候都会想起我的姥姥，是因为我就是在姥姥的病榻旁第一次认识这种叫作"柿子"的新事物。

那时，我才总角之年。那时，物质极其贫乏。那时，我对身边所有见到的新鲜事物都颇感兴趣，总是追在父母身后问这问那，得到回答之后仍然十分懵懂，不过，总是印象深刻，甚至很多年以后仍然能回忆起当初的事态。比如，直到现在，我依然清晰地记得，放在姥姥病榻旁的不是一只完好无损的柿子，而是已经被人用调羹刮得面目全非、轮廓尽失、支离破碎的样子，很难看，但是，那从皮到肉、由表及里、一以贯之的金黄色却引发我的好奇，对我构成一种诱惑，就凭着这一特征我对柿子的印象便深刻至极。

柿子很能考验人的耐性，虽然它从内到外都呈现出金黄色，给人一种完全熟透了的感觉，但是，你要像对待苹果那样把它从树上摘下来便吃，那可就上了大当了，太涩，保准你一辈子都忘不了那种"张不开嘴"的感觉。所以，很多人家并不急于把院子里的柿子从树上摘下来，而是任由它们在树上挂着，直到树叶完全落尽，直到天空飘起雪花，它们的样子更加鲜亮，像大白天里挑出的灯笼。反正它们也不怕天寒地冻，反正它们得放软了才能好吃，不是有一句歇后语"老太太吃柿子——净拣软的捏"吗？

近两年，人们发明了新的吃法，就是把柿子"溇"了，去掉它的涩味，硬着也能吃，据说又甜又脆。不过，我总以为那不是正宗的吃法，而是人们"心急"的体现。

周末去看胭脂花

让人特别尴尬的是，文章还没有动笔，先在题目上就纠结了好长时间。本来第一个涌入脑海中的题目是《周末去看胭脂花》，可是，敲好题目后，刚一进入正文，忽然又想把题目改成《周末去赏胭脂花》，于是，又把题目中的"看"改成了"赏"。

一篇文章，如果不能一气呵成，那么，题目的修改和内容的改动都是难免的，最后写出来的文章和自己最初的想法可能相去甚远。这就好比一条河流，如果不能畅快地一泻千里，那么，九曲十八弯就是必然的，而且曲和弯的程度也往往出人意料。

人生也大抵如此。很多人在中年或老年的时候，回望自己走过的人生道路，常常感叹，已经实现的人生，并非自己当初在心里反复设计、精心预算的人生。总是在不经意间，一件小事儿，一个人物，一本书，一句话，或者一朵花，一只小鸟，等等，触动了你的心灵，改变了你对人生的看法，也因此改变了你的人生轨迹。所以，似乎可以预见的未来，却总是在实际中出乎人们的意料。人生的遗憾与生趣，大抵皆由此而来。

当我再次端坐在电脑前，想要把这篇刚刚开了一个小头的文章继续下去时，忽然又觉得，文章的题目还是用《周末去看胭脂花》更恰当，因为，我总是不由自主地就从口中溜出"周末去看胭脂花"这几个字，说明我本心就是去"看"。如果一定要用一个"赏"字，倒有点儿故意附庸风雅的意思了。况且，胭脂花长什么样，我还不得而知。从来没有见过的事物，怎好用一个"赏"字来表明自己的态度呢？

好吧，就把文章的题目重新修正为《周末去看胭脂花》。此时，一个"看"字，不仅符合我的本心，而且，就音韵而言，似乎也比"赏"来得痛快些。

周末去茅荆坝看胭脂花，最初是庞博的动议，我和张玉江老师只是附和了一下，结果就顺利成行。同行者，另有三人，一个是与庞博形影不离的V；一个是与张老师共一个屋檐下的Z，多数时候我叫她姐姐，有时也开玩笑叫她"师母"，是一个绝对好脾气的人，为妻则贤，为母则慈，为友则慧；还有一个，是海东，勤劳、向上、乐观、开朗，与她见过几面之后，就觉得好像是一起长大的小伙伴儿。

庞博说她去年就去茅荆坝看胭脂花，结果稍晚了一些，去时花已落了，所以今年决定早去几天。与所有自然花朵一样，胭脂花应时而开，应时而落，取日月之精华，吸天地之灵气，千年万年，一直很自我地生长着，只知自然之暑寒，不晓人间之冷暖，当然是不会等人的。因此，赏花人必须遵从自然的规律，赏花要在花开时。

从植物分类学的角度上来说，胭脂花是报春花科、报春花属、多年生草本植物，生于亚高山草甸上或山地林下、林缘及潮湿腐殖质丰富的地方。在我国，分布于内蒙古、河北、山西、陕西、甘肃、青海等地。在中医药学方面，胭脂花可全草入药，有止痛、祛风功能，用于癫痫、头痛。具体怎么用，我就不得而知了。不过，大凡一种植物既美丽又可入药，在我心目中便已经接近于神圣了，就像一个女人，既有美貌又有贤德，或者像一个男人，既才华出众又敦厚诚恳。

我们要看的胭脂花生于山顶之上，在地理环境方面应该算是亚高山草甸吧。早晨六点多钟开始爬山，深感身上的衣服有些单薄，于是，拉着姐姐自顾自地沿山路尽快行走，为的是让身体温暖起来。张玉江老师见到每一株陌生的植物都要细打细量，注定是要殿后的。于是，曲曲弯弯的山路上，就形成了三个梯队，V 和海东作为第一梯队，很快就没影了，他们负责在前面找花；我和姐姐作为第二梯队，需要靠运动热身，又不能离老师太远，自然地形成第二梯队；熟悉茅荆坝植物，兼做讲解员的庞博，与张玉江老师形成第三梯队，一路慢慢走慢慢看，好像一点儿也不急于到达山顶。

像这样，打着看花的旗号，既可以锻炼身体，又能够愉悦心灵，既亲近了自然，又和朋友打成一片，真的是人间难寻的美事儿。比较遗憾的是，我的先生另有别事，不能同行，他总是不能和我一起体会赏花的妙处。

除了高大的松树，沿途没有几种植物是我特别熟悉的，因此，一路好奇一路赞叹，刚刚欣赏了眼前的花儿，又在内心期待前面有更新奇的植物。走走停停，停停走走，不知不觉地，穿过松林，穿过桦树林，眼前变得豁然开朗，山顶、蓝天、白云、花海，一下子映入眼帘。开阔的草甸，把它的美坦坦荡荡地呈现在我们眼前，像接纳牛羊、蜂蝶、雨雪一般接纳我们这一行看花人。

站在高山之巅，默诵庄子名言："天地有大美而不言，四时有明法而不议，万物有成理而不说。"不言、不议、不说，是因为不必言、不必议、不必说，还是因为言不尽、议不透、说不清？必须承认，在大美面前，我们只能用心灵去感悟，派出我们的灵魂，去与美接洽，以实现彼此的融合。

胭脂花，狼毒花，银莲花，野火球，野罂粟，高山紫菀，长瓣铁线莲，毛蕊老鹳草，花苕……来得正是时候，它们开在高山之巅，朝迎晨曦，暮送晚霞，美艳而不自知，芳香而不自傲。虽然其中的一些我是第一次见，但是，我已经像是在喊老朋友的名字一样，亲切地一一喊着它们的名字，为它们拍照，最后又依依不舍地与它们告别，回到我的尘世中去。

做一朵花，不开在佛前，不开在人间，只伫立在高山之上、众草之间，多么惬意！

　　我去甲根坝的目的十分明确，就是陪先生去欣赏几种非常漂亮的鸟儿，顺便欣赏一下祖国的大好河山以及我所热爱的花花草草。时逢国庆黄金周，对于我们来说，这是最现实的"诗和远方"。

　　此前，我一直为祖国四通八达的高速网而骄傲和自豪，却不曾预料，风雪中翻越折多山竟如此艰险。自驾出游的车辆把九曲十八弯的山路变成了移动停车场，经常呈拥塞状，我便趁机欣赏一下无边的大山，山上陡峭的巨石，刚刚覆盖在巨石之上的皑皑白雪。大自然的神奇造化总有震撼人心的力量，难以言说的深深的敬畏之情，自心底蒸腾而起，彼时，我感觉自己离神很近，并真真切切地感受到神的力量。我甚至想象自己处在一个古老的时代，诚惶诚恐地参加一个拜天祭地的庄严仪式……

　　经过较长时间的等待之后，长长的车队终于开始缓慢地移动，继续向更高处爬行，在风雪中翻过那个海拔4298米的垭口，然后便开始了下山之旅，只是，行车的速度依然很慢，直至离开拥堵的G318国道，驶入乡村公路。下午四时许，终于到达了传说中的甲根坝。

四面环山，中间一块长条形的小盆地，一条宽阔的河流占据了盆地的很大一部分；除了河岸有为数不多的高大乔木之外，基本上都是肥沃的草原；从山脊到盆地，全部是流线型设计，几乎没有什么突出的棱角。这是我对甲根坝乡地形地貌的整体印象。"跑马溜溜的山"大概就是这个样子的吧？！

车在山与水之间行进，有时，稍稍向左边瞥一眼，就能看到山坡上有些植物尚在开花，黄色的花朵十分醒目；向右瞥一眼，就能看到宽阔的河谷中，有马匹在岸边悠闲地吃草，有游人三三两两地踱步，有摄影师忙于取景，有当地牧民向游客招揽骑马的生意。偶尔有几头牛或者几只羊跑到水泥路的中央，眨着有些萌的双眼，痴痴地望着我们，先生便爱怜地把它们调侃一番，等它们慢悠悠地下到路边草地，我才轻踩油门继续赶路。

人烟稀少，没有车水马龙，更没有机器的轰鸣与烟气的排放，似乎与"现代化"完全不沾边儿。我禁不住胡思乱想："时间在这里是凝固的吧？最起码，它流动的速度应该是非常缓慢的，像蜗牛的散步。"由此，我便不由自主地想起曾经特别迷恋过的一个词——永恒。

而永恒又是什么呢？什么东西是永恒的？懵懂时第一次听到这个词就无限迷恋，但是总也想不明白何谓永恒，现在，已是"知天命"之年的我，仍然觉得不能确切地把握这个概念。或许，永恒就是指间的流水，你只能把手伸进河流里去把握它，可是当你把手从河流里抽出来，指间便空空如也，唯有失望与忧伤在心底徘徊。我知道，我在开车的时候不宜想这些问题，于是，狠狠心，把这些虚空的念头从头脑中用力挤出去，专注于行车的安全。

因为先生没有停车的意思，我也就只能走马观花式地大致领略一下美好的风光，心里却一直痒痒的，想要仔细欣赏一下路旁开花的植物。所以，等到了预订好的宾馆之后，先生说要留在房间里整理照片，我便一个人在阴沉沉的天空下，沿着小镇宽阔又笔直的街道去散步，观景，吹冷风。

色彩明艳、风格独具的藏式建筑以及飘荡在建筑四周的彩色小旗，像一个个等待人揭示谜底的谜语，真想走进去，一探内部的究竟。那里深藏着藏族同胞生活中的智慧与秘密，氤氲着幸福家庭的甜美与温馨，弥漫着奶酪与青稞酒的甘醇。若干年前，在导游的带领下，我曾经进入过土司家的大 HOUSE，午餐时羊肉炖土豆的味道还隐隐约约地留在舌尖儿上。

但我终究只是在街道两旁看了看最令我痴迷的植物，大地的苍茫、街道的宽阔、天气的阴冷与我的形单影只，形成鲜明的反差。我胡乱地猜想，于小镇而言，我是不是像一个天外来客？于我而言，小镇也仿佛是另一个星球。小镇以它的不言不语接纳了我；我则以好奇的目光，小心翼翼地东瞧瞧、西看看，甚至连小时候就司空见惯的牛粪、马粪，也觉得好新鲜。

天很快就黑下来了，而且，雨也变得稠密起来。除了回宾馆休息，似乎找不到更好的打发时间的办法。出乎我意料的是，在宾馆里，我的手机还没来得及充电，小镇就在一瞬间陷入黑暗之中，那样突然，猝不及防。

  终于在时梦时醒中熬到天亮，推门一看，院子里白花花的，雪覆盖在地面上，足足有半尺多厚，但是，屋子里依然黑咕隆咚的，我们早已习惯的、越来越依赖的、那个叫作"电"的东西，不知道卡在哪里，始终没有来。停电的恐慌冲淡了雪带给我的惊喜，我仿佛看到一只土拨鼠在怀念它的洞穴……

清明游园小记

每年春季，看到微风中拂动的柳枝，我都会不由自主地想起王维的一首小诗《送元二使安西》："渭城朝雨浥轻尘，客舍青青柳色新。劝君更尽一杯酒，西出阳关无故人。"不为别的，只为"柳色新"这三个字。柳色，本已十分动人，更兼一个"新"字，一下子，就碰触到人内心最柔软处，诗意汩汩。

国人对柳的热爱从古代诗词中即可见一斑。比较著名的有，贺知章的《咏柳》："碧玉妆成一树高，万条垂下绿丝绦。不知细叶谁裁出，二月春风似剪刀。"陆游的"红酥手，黄縢酒，满城春色宫墙柳"；苏轼的"枝上柳绵吹又少，天涯何处无芳草"；韦庄的"无情最是台城柳，依旧烟笼十里堤"；王之涣的"羌笛何须怨杨柳，春风不度玉门关"；张仲素的"袅袅城边柳，青青陌上桑"；等等。咏柳诗句之多，一时难以尽数。当然，我最喜欢的还是那八个字：昔我往矣，杨柳依依，出自《诗经·小雅·采薇》。我的笔名亦与此有关，不过，更多的是与伯夷、叔齐的故事相关。

中国人似乎特别看重谐音。比如，因"蝠"与"福"谐音，所以蝙蝠成了某种象征。屋顶之瓦有蝙蝠形象，瓷罐上有蝙蝠形象，画上有蝙蝠形象；又如，因"葫"与"福"谐音，且"芦"与"禄"谐音，所以葫芦成了某种象征；"鸡"与"吉"谐音，鸡也成为某种象征……同样的，因"柳"与"留"谐音，所以，古人特别喜欢折柳赠别，表达依依惜别之意。

"年年柳色，灞陵伤别。""柳条折尽花飞尽，借问行人归不归。""此夜曲中闻折柳，何人不起故园情。"真是不让柳树活了，年年折，家家折，送别折，寒食折，从古折到今。不过，真的不用担心，古语云："有意栽花花不发，无心插柳柳成荫"，柳树有着强大的生命力，春天随便插上一枝即可成活，所以，"柳"除了与"留"谐音而取惜别之意外，还象征着随遇而安。清代褚人获在《坚瓠广集》中明确地解释说："送行之人岂无他枝可折而必于柳者，非谓津亭所便，亦以人之去乡正如木之离土，望其随处皆安，一如柳之随地可活，为之祝愿耳。"

逢着清明小长假，昨天，本打算途经北京市区，与儿子共进午餐，然后，去延庆野鸭湖观鸟，到了目的地之后才发现，风大浪急游客稀，天卷乌云欲雨，与想象的完全不同，于是又折返到北京市内，宿海淀区一宾馆。今晨，早早地起床，来颐和园观鸟、赏景。

记得第一次游颐和园，是在 2007 年的夏天，与儿子同游。又热又渴的，把我们俩累坏了，只为游遍颐和园。当时，除了感叹颐和园之大与美、秀与奇、华丽与壮观，没少在心里痛骂历史上的一位老太太，举一国之力，满足个人的穷奢极欲，置国家与民族的利益于不顾，硬生生地把华夏这艘大船拖向更深的深渊之中。今日游园，似乎仍然对那段历史耿耿于怀。但庆幸于中华民族正阔步于复兴之路上，心中的欣慰自然更多一些，游乐时便能见景生情。

我们选择从南如意门进入，向右转，那里人文景观少些，以水景为主，沿岸广植花木，绿的以柳树居多，红的以碧桃和榆叶梅居多。入园，行不多久，便见水面有鸳鸯、绿头鸭、黑天鹅欢快地游来游去。有游人向水中投食，它们便一拥而上从远处快速游过来，就在我们眼前争食，先生赶紧拿出相机来，给它们拍照。此时，我很后悔没有为它们准备食物。忽然想起背包里有一块儿酥糖，咬碎了投给它们，果然吃得兴味盎然。可惜，我只有这一块酥糖，另有一块话梅糖，估计它们也吃不好，就没做尝试，与先生说，要是带一块面包就好了。

拍过几张照片之后，我们继续往前走，希望能看到更多的鸟儿，毕竟，我们此次出门，就是为了观鸟、拍鸟的。不出几分钟，看到湖边有售卖亭，赶紧跑过去买了一包法式小面包，预备喂鸟，但是，再也没见到离游人那么近的水鸟，倒是有一些凤头䴙䴘，在远处的湖面上游玩儿。

没找到可拍摄的目标，只能不停地向前走，一边走，先生一边调侃："咱今天就是来环湖游的，锻炼身体。"走着走着，忽然想让先生用他的手机为我拍照，主要是想看看自己是怎样一副模样：大长靴子，半高跟儿；黑色羊绒大衣，两个大口袋；右边口袋里给先生装了满满一瓶水，往下坠着；左边口袋里是我的手机，外加刚买的一大袋面包；背后是绿色双肩背包，天天不离身的；脖子上挂一架配了长镜头的照相机，因颈部不堪重负，只把相机带子挂在脖子上，用右臂做一回弯儿，把相机托于胸前。得春风之意，脚步轻盈。

湖边垂柳，碧玉妆成，万条丝绦，如珠帘漫卷。清明时节，美景如画。我在画中，与春同行。无须折柳，任它随风拂动，只在脑海中翻动与柳有关的记忆，有些关乎宇，有些关乎宙。

"风好大啊!"

记得这是我下车后说的第一句话,带着兴奋的情绪。这融合了花香、稻香与果香的风,很符合我对秋天的期待,也是我此行意料之中的事儿。相信有秋风相伴,被誉为"秋老虎"的燥热便不会来纠缠你的情绪,你尽可享受秋天的凉爽,惬意于户外的畅游。此时,我完全不介意秋风吹乱我的头发,吹皱我的衣服,吹眯我的双眼,吹得我手背上的汗毛一边儿倒,像不远处大片的芦苇,在风的怂恿下,向大地谦恭地弯下腰身。

刚入仲秋。大地上的植物们还在比赛一样地忙碌着,菊花忙着盛放,玉米忙着最后的成熟,水稻忙着定浆,苹果忙着注蜜,白菜忙着长心儿,萝卜忙着膨胀,棉花忙着开白花,连又细又高的芦苇都在忙着吐穗儿、准备开花、搓棉扯絮……

这黄金的季节,最适合在大地上行走,像鯈鱼从容出游一样,展示生命的乐趣。这个周末,正热衷于摄影的先生,把他的拍摄练习地定在去年十一月初我们曾经一起来过的曹妃甸湿地公园。

仅凭"曹妃甸湿地是澳大利亚至西伯利亚鸟类迁徙的重要驿站和栖息场所"这一点，就足以吸引我再次踏上那一片具有神奇魅力、生机盎然、物产丰饶的土地。何况还有"以全球化为背景，以科学发展、可持续发展为主题，以曹妃甸新区为依托，以中外市长为主要对象"的重要的国际性论坛——曹妃甸论坛，在那里设有清新、漂亮的永久会址。还有关于曹妃的动人故事等。

和去年第一次来曹妃甸湿地公园一样，车子从唐曹高速驶下之后，便一路向西，沿途经过油田，经过论坛会议中心，经过景观大桥，经过高尔夫球场，经过国际会所，经过游客中心，最后在高高的芦苇丛的夹道欢迎下，直达柏油路的尽头——曹妃甸湿地迷宫的最西边缘带。呈现在眼前的便是一大片海产养殖地，视野极开阔。仅一堤一沟之隔，东边是原生态的湿地风光，覆盖着茂密的芦苇丛和其他杂草，在秋风的吹拂下，发出一阵阵"沙啦、沙啦"的响声，显得野性十足。西边便是一望无际的海产养殖场，片片方塘相连，在日光的照射下，闪着粼粼的波光，有常年居住于此的鸥鸟在水面嬉戏，也有临时在此落户的候鸟在此闲庭信步，放声歌唱，好一片祥和之气。

我们总想离鸟儿近一些，再近一些，于是沿着荒草蔓生的堤坝往养殖场纵深处行去。可是，鸟儿们不喜欢有人打扰它们的悠闲，于是便在水面上飞得离我们远一些，再远一些。捉迷藏一样的游戏持续了好长一段时间，最后认输的只能是我们。我自嘲地对先生说："算了，你别指望它们像南湖里的天鹅一样追在你身边游来游去的。还是到湿地迷宫里去欣赏大片的芦苇吧。还是站在高高的观鸟台上去体验'塔高自晃'的乐趣。"

湿地迷宫是在原生态基础上，经过人工整饬，便于游人在赏玩中与湿地生物亲密接触的休闲区域。深入迷宫的方式有两种：一是自驾游船沿水路徐行渐赏，二是踩着人工铺设好的木栈道漫步观景。驾游船能够到达迷宫内最中心位置设置的2个主要的瞭望塔，在高高的瞭望塔上，近可观迷宫全貌，远可将方圆几十里的美景收于眼底。沿木栈道行进，可以登上一个相对较小的安全观测塔，远近美景亦可尽收眼底。

湿地中2个主要的瞭望塔和周边4个相对较小的观测塔，均为原木搭建而成。在未登塔之前，先自于塔身得到温馨的提示：塔高自晃。及至登上塔顶，果然在大风的吹拂下，体验了在摇晃中观四周美景的乐趣。此时，你要学会"淡定"，惊慌无益。

栈道、水路，全趟了一遍，犹自觉得不过瘾，于是，又和先生一起沿着荒草蔓生的堤坝深入另一片处女地，把余下的3个观测塔都登览一遍，方觉尽兴。

我们一路走一路拍，芦苇、水塘、小鸟、铁桥、野花、塔影、在水中蹿出噼里啪啦响声的鱼儿们，一一纳入镜头，直拍到毫无遮拦的夕阳把我们在地面上的影子拉得越来越长。形体各异的鸟儿们纷纷从白天的藏匿之所涌出，在低空徘徊；硕大的芦苇的花穗儿近乎剪影般地显出清晰的轮廓；西边的养殖场闪着耀眼的银光；堤坝两边因为节气的缘故已经变得通体红色的蒿草，在夕阳的映衬下，更像燃烧的火焰……此时此刻，整个世界仿佛成为一个巨大的温暖的怀抱。只可惜附近的村庄太远，难见袅娜的炊烟，否则，我真的会误以为回到了童年，回到了熟悉的大地之上。

太阳离地平线越来越近，我似乎感觉到，浮躁的东西悄悄隐去，沉潜的东西渐渐显露，大地正逐渐变得静谧而安详。我和先生一边急匆匆地往回赶路，一边意趣未尽地计划着下次再来的时间与行程安排……

第三辑

曾经的
座右铭

最爱人间烟火

冬去春来，河面上的冰唯余虚张之势，只有体型轻巧的各种水鸟，还可以站在冰面上歇歇脚。山桃、玉兰及杨柳枝头，不断膨胀的芽苞，像身怀六甲的孕妇，不久就要临盆，为人间诞下无限芳菲。眼看就要到惊蛰节气，我这只在屋里猫了一冬的"小虫子"，也该出去走走了，活动活动筋骨，感受一下外面世界的风云变幻。受疫情影响，去远方旅行还有些困难，借此机会，把家乡唐山的美景仔细游览一遍，亦不失为对美好生活的一种体验，给心灵做一次 SPA。

昨天上午，一个人去参观了位于城东、坐落在大城山脚下、镶嵌于培仁里社区内部的培仁历史文化街。这条集读书、餐饮、休闲、怀旧于一身，主要体现民国初年欧式建筑风格的历史文化街，有幸被列入文旅部、国家发展改革委员会首批公布的国家级旅游休闲街区名单，它像一颗璀璨的明珠，吸引热爱生活的众多游客慕名而来。今天下午，呼朋唤友，像小时候在农村赶集一样，一起奔赴位于路南区，与唐山国际会展中心、唐山大剧院、南湖生态旅游景区紧紧毗邻的唐山宴，看看那里的热闹。

真是应了一句老话，不看不知道，一看吓一跳，唐山宴给予我的感受，肯定不亚于大观园给予刘姥姥的惊诧。如果说，昨天对培仁历史文化街的欣赏是一次面对面的交流，那么，今天对唐山宴的观光体验则完全是一次拥抱式的亲昵。培仁历史文化街，追忆的是唐山近代工业文明进程中的点点星光；唐山宴，展示的则是从农耕文明到工业文明漫长的历史进程中，体现在唐山百姓生产生活方方面面的文化积淀，从小镇风情到农家院落，从唐山方言到风味饮食，从独轮小车到工业机车，从打铁的家伙什儿到纺线织布的旧工具，从化妆品小店到老式照相馆等，无一不承载着唐山人民的生活记忆，让人目不暇接。随着络绎的人群，看看这儿，摸摸那儿，吃着自己喜爱的烧饼、炸糕、粉条、水饺，听着传统的地方特色的乐亭大鼓、唐山评戏，盯着眼前的小桥、流水以及在水中悠闲游动的锦鲤，感觉自己被盛世的繁华紧紧拥抱着，都快喘不过气来了。如果说培仁历史文化街带给你的感受是清爽的，类似洗发香波、沐浴露带给你的洁后余味，那么，唐山宴带给你的感受，则是黏稠的，走到哪儿都摆脱不了的浓郁的人间烟火气。

走进唐山宴，就是走进唐山百姓生活的文化馆、历史博物馆，有特色美食，有民俗传承，有文化展示，有场景体验，有研学实践，彰显市井韵味，贴近百姓生活，传递乡愁记忆，呈现一场舌尖与心灵、物质与文化、传统与现代、城市与企业多元素融合的全景化、多维度、沉浸式的立体盛宴。在这场盛宴中，仿佛每一位游客都是亲历者、参与者、创造者，同时也是欣赏者、享受者，唯独没有一位冷眼旁观者。在这里，你所有的感官都能够被调动起来，看、听、闻、触、嗅，然后，去揣摩，去理解，去发现，去思考，从而获得更高层次的精神享受。

唐山宴为游客提供的活动区域集中在楼宇之内。一楼是"四街两巷一河一世界"的民俗文化与民间艺术体验街区。四街分别是乡愁作坊街、京东美食街、小山风情街、便宜街；两巷是连接京东美食街和小山风情街的两条通道；一河是唐山的母亲河滦河，河中扁舟荡漾，锦鲤闲游，美不胜收；一世界就是小山大世界，还原老唐山小山街景，再现小山风情，刻画唐山商业发展轨迹。二楼主要是百姓府邸院落中餐，七座风格各异的院落，一院一主题，一屋一文化，重拾院落情怀，串联乡愁故事。八旗贝勒爷宫廷火锅，融合御膳美食与宫廷文化，彰显清代特色；大唐曹妃海鲜馆，尽享来自渤海湾的馈赠，感受海洋文化的魅力；燕山书院以遵化人窦禹钧（窦燕山）名字命名，传承《三字经》中"窦燕山，有义方，教五子，名俱扬"的唐山特色书香文化。三楼是大唐州府精品中餐，突出历史文化主题，把匠心雕琢的精品中餐与沉淀的灿烂文化完美结合，探寻唐山历史足印，古今交融，以业态更新激活历史文化因子，展示唐山厚重的文化底蕴、丰富的旅游资源、独特的城市品位，满足人们个性化、高品质的精神需求。

吃了，看了，玩了，乐了，你肯定也感觉到热了吧？室内待久了，特别想去室外走走。正好，距此不远的南湖生态旅游景区免费入场，那里，成功举办过 2016 年世界园艺博览会，2024 年通过国家文旅部 5A 级景区评定，在散步、赏花中感受创造的诗意与生活的美好。如果是在温暖的四月到十月，晚间，在丹凤朝阳广场，宽阔的水面上，一场视觉饕餮般的光影水舞秀，可能与你撞个满怀，腾空而起的高大水柱，在传奇般的现代光影中，随着音乐的节拍，变换出各种曼妙的舞姿，此时，你一定不会怀疑，眼前的每一滴水都是有灵魂的，都在努力扮演好自己的角色，最大限度地实现自己的价值。在此，水的灵动，被展现得淋漓尽致。

当然，你也可以去万象森林暨植物风情馆，或者光临云凤岛，看一场关于"那年芳华"的别样戏剧演出。与植物的亲近，会让你感觉到自然的美好；与戏剧的亲近，会让你感觉到灵魂的飞升。万象森林、光影水舞秀、"那年芳华"，堪称南湖生态旅游景区"夜景姊妹花"，不赏不快。

粉红色，应该是属于少女的颜色，你看看她们青春的容颜，哪一个不是粉红色？像春天热烈绽放的蔷薇花。

粉红色，应该是浪漫的颜色，你看看那些送给情侣的礼物，哪一个包装盒上少得了粉红色丝带？

粉红色，应该是梦幻的颜色，是温暖的颜色，在梦幻中，哪一个人不在内心充满了柔情与蜜意？

我喜欢粉红色，它是桃花的颜色，是木槿花的颜色，是荷花的颜色，是合欢花的颜色，是许许多多我所喜欢的花的颜色，也是我夏季穿在身上的 T 恤的颜色。

今天早上，站在街头等红灯过去的那一刻，我的脑海中突然蹦出一首老歌，歌的名字叫《粉红色的回忆》：夏天夏天悄悄过去留下小秘密，压心底压心底不能告诉你。晚风吹过温暖我心底我又想起你，多甜蜜多甜蜜怎能忘记……

记忆的钩沉中，想起这首老歌，应该有两个原因：其一，我前天做的美篇，所有的插图都选用了粉红色的花朵，并且称其为粉红系列。短时记忆中自然而然地就储存了"粉红色"三个字；其二，就在我站着等红灯过去的位置，旁边有一排用木槿做的绿篱，每到夏季，那里就开满粉红色的花朵，曾经多次，我一边等交通信号灯，一边在那里用手机拍摄木槿花。那些木槿花，虽处于街头，看起来却总是纤尘不染的样子，任何时候对它注目，都会有心旷神怡的感觉，仿佛整个世界都清平如一朵粉红色的花，一切丑陋的东西，在它面前悄然隐退，只余天国与菩提。如果往岁月更深处回忆，当然有更多粉红色的花朵，在记忆的海洋中灿烂成一座美丽的花园，还有一些与花有关的故事，长着一双蝴蝶的翅膀，在这些粉红色的花朵间穿梭与蹁跹。

清晰地记得，第一次听到《粉红色的回忆》这首歌，是在 1987 年的夏天，暑假我去远嫁的大姐家小住，大姐夫喜欢听流行歌曲，一台录音机几乎不停歇地重复播放好几盘带子，而我只对《粉红色的回忆》情有独钟，不仅是因为歌词动人，还有优美的旋律、欢快的节奏、韩宝仪甜美的嗓音，加上我当时纯净如秋水一般美好的心情，各种因素天衣无缝地糅合在一起，对于我来说，一曲《粉红色的回忆》，就宿命般地成为生命中最亮丽的一道风景线。

"不能忘记你把你写在日记里，不能忘记你心里想的还是你，浪漫的夏季还有浪漫的一个你，给我一个粉红的回忆。"怀着少女的心思，怀着对爱情美好的憧憬，顺理成章地，我把这首歌理解为情歌，只在心底里悄悄地吟唱，或者在没人旁观的场合中放声歌唱。"喔，夏天夏天悄悄过去依然怀念你，你一言你一语都叫我回忆，就在就在秋天的梦里我又遇见你，总是不能忘记你。"

唱来唱去的，总是无法看清"你"的模样。刚刚觉得在一朵花的花心里遇见"你"，忽然"你"好像又躲在一首宋词中；我到故纸堆里去寻觅，"你"仿佛又若隐若现地藏在一片云中。于是，另一首歌悄悄取代《粉红色的回忆》，唱响在我的生命里："我是一片云，天空是我家，朝迎旭日升，暮送夕阳下。我是一片云，自在又潇洒，身随魂梦飞，它来去无牵挂。"这首《我是一片云》，也曾经在我的生命里忧伤成雨滴，随风潜入难眠之夜，洇湿我的面颊和枕头。

仔细算来，生命中多少时光、多少故事，都如夏花一样，葳蕤地开，悄悄地落，有一些化作春泥，有一些像尘土一样，不知被风吹到了哪里。

今天早晨，当我的耳畔仿如昨日一般，回响起那首《粉红色的回忆》，心里忽然有一种别样的感觉，我原来一直以为它是一首情歌，唱给暗恋的情人，他，或者她。现在，我仍然觉得它是一首"情歌"，但是，我已经摆脱了少女的情怀与梦想，因此，我觉得这首歌可以唱给一切我们曾经热恋的东西，人或者物，比如说此时此刻正站在我身旁的木槿。我可以一边唱着《粉红色的回忆》，一边在头脑中回放它夏天的模样，粉红色的花朵，装扮出一个清平美好的世界。

逝者如斯

——为 7 月 19 日大学同学聚会而作。

从大的哲学概念上来说，人生就只有两个词：一曰时间，二曰空间。时间与空间色彩玄幻、细细密密地相互交织在一起，人生便有了各种各样的图案，譬如牡丹喜欢在春天争妍，菊花喜欢在秋天斗艳，荷花喜欢把夏天渲染，梅花喜欢把冬天打扮，因此，四季便有了完全不同的美景。不同的美景带给人完全不同的感受，不同的感受成为人生完全不同的体验。善于表达者，把人生的体验写成格言，吟成诗，绘成画，谱成曲，千古传诵。而愚笨如我者，就只会昼观日夜望月地在如水平淡中数着年月，像一个懵懂的孩子很专心地在河滩上数着那些永远也数不完的鹅卵石，数着数着就把自己曾经如花似玉的容颜数成了沟壑纵横的山河地理图，非"沧桑"二字不能了得。

尽管人人都知道"鹪鹩巢于深林，不过一枝；偃鼠饮河，不过满腹"的道理，但是，现实生活中没有抽象的无差别的"林"与"河"，只有具体的或疏或密、或大或小的某片林以及或深或浅、或宽或窄的某条河，所以，究竟巢于哪片林更安全或更逍遥，饮于哪条河更甜蜜或更惬意，就成为每一个有自我意识的人不得不思考的问题，人生的奔波就在这种不知终极意义为何的思考中悄悄开始。每个人都在努力寻找自己向往的"林"与"河"，有的人出于兴奋，有的人出于无奈。

在共同的寻找中，一群人天生有缘地相遇了。短暂的停留，彼此诉说着寻找的快乐与辛苦，互相交流着寻找的经验与目标。心灵的抚摸总是让人产生愉悦，相互不舍之情亦油然而生。你的幽默、他的深沉、我的清纯；你的勤奋、他的执着、我的快活；你的豁达、他的才华、我的热情；你的睿智、他的勇敢、我的乐群；你的明眸、他的笑靥、我的歌声；你的理想、他的愿望、我的追求；你的牛仔裤、他的T恤衫、我的石榴裙；你站在青松下以松喻志，他爬到山顶上触景生情，我摘下一朵蔷薇花献给春天；你说要用一生的时光种桃植李，他说要用全部的智慧守护梦想，我说要用所有的柔情换取蜜意；你说我的头发被风吹乱了，他说你的面庞被夕阳染红了，我说他的痴情被蜜蜂蜇肿了……哦，有什么办法呢，一群浑身散发激情的人相遇在春天里；有什么不可以相互原谅的呢，一群直率的人言谈毫无顾忌；有什么秘密能存得住呢，你说着梦话，他吐着醉语……

在彼此的相遇与停留中，每个人自始至终都明白，一切最初的相聚都是为了最终的别离，不管说过多少悄悄话，也不管吹破过多少张牛皮，临时的筵席总敌不过送别的长亭，所有的欲言都必须止于某一个时刻，就像我们小时候玩过的一种被称为"木头人"的游戏，只要"不许说话不许动"命令一出，每个人都必须呆若木鸡，否则就要从游戏中出局。没有古人送别的长亭，只有现代人修建的火车站，当初我们是从一列列火车上下来的，如今我们又要重新搭上一列列火车，继续人生永远不可能停止的旅途。

有些人哭着相送，有些人笑着话别。我选择仰头看天上浮云，随风聚散，低头看地上花影，随风而动。"而风是从哪里来的呢？"我茫然地问自己，"风要把蒲公英的小伞吹向哪里？"面对人生的迷局，所有的自言自语，都仿佛是夏季里的一场太阳雨，下与不下，没有多大差别，只有刚好被雨点儿砸到的人才会抬眼望一下天空——晴朗依旧。

谁也无法穷究江月何年初照人，但是，谁都知道江畔时时有人初见月。河水滔滔，时光荏苒，万物几曾因人的意志而改变？即使是"登东山而小鲁，登泰山而小天下"的孔子，面对大河奔流也只能喟然长叹"逝者如斯夫，不舍昼夜"。24×365个昼夜，八千七百多个日升日落，改变了多少容颜，改变了多少人的梦，也改变了人们的日常习惯、思维方式、生存空间，就连当年的友谊也因为年深日久的窖藏而有了陈酿的味道。

人啊，少年时，像一个空空的大布袋，总是靠着对未来的憧憬而勇敢地面对生活，相信自己总有被装满的那一天。有了一把年纪，就像一个陈列室，需要经常检视一下陈列其中的东西，以获得或大或小的满足感，从而变得踏实与心安。我想，人到老了的时候，就会变成一个彻头彻尾的"守财奴"，因为，属于他（她）的时间与空间越来越少、越来越小，不好好地守着怎么行。

这样想来，中年该是人生最美的时光，天高地阔，云淡风轻，即走即停，便有无限美景。比如，阔别24年之后，一声招呼，老同学便聚于泉城，呼啦啦，你从山南来，我从海北至，一番回忆，几多问候，你拥我抱，热热闹闹。然后又呼啦啦，你往山南去，我往海北归，多像一场迅疾的风云际会，浓浓的相聚的欢喜中暗藏着厚厚的离散的感慨，这就是一场夏天的雷阵雨。

站在今日的时间节点上，24年前，我大学毕业；站在我大学毕业的时间节点上，24年后，我儿子也刚好大学毕业。怎能不让人感慨"逝者如斯"！时间就像一个回环，我们只能感受它的魔力，却不能左右之，唯一可以安慰人心的是，我们都受到老天爷的检选，站在这个回环上，饱览人生的风景。请好生珍重！

曾经的座右铭

不知道别人是否也有这样的感受，对于读书时遇到的陌生词汇，我常常持如下几种态度：1. 对于无关紧要的陌生词汇，完全不在意，只要上下文能读通即可；2. 关键词汇，影响到对整个语句理解的，就立即放下书，查一查它的意思，务必弄懂而后快；3. 对一些陌生词汇，莫名其妙地产生好感，在弄懂其义之后，还要反复诵读，或者抄写下来，强化记忆。这一点，多像是在与人交往过程中，对某些人的一见如故。

比如说"座右铭"这个词。记得我第一次在书中读到它，就对它甚有好感，联系上下文，我也能理解它的大概意思，因为手头没有现成的词典可用，只好按捺住好奇的心情。过一段儿时间，忽然又想起它，到底还是找来一本汉语词典，查了查它的准确释义，才算了了一个心愿。

关于座右铭，有两种解释：1. 置于座位右边用以自警之铭文；2. 泛指可作为格言以自励的文辞。我想，后一种解释可能更符合现代人的生活实际。

很多伟人，在其成长过程中，都有自己的座右铭，比如大家都熟知的，周恩来的"为中华之崛起而读书"，毛泽东的"贵有恒，何必三更眠五更起；最无益，莫过一日曝十日寒"。很多名人，在其长长的一生中，都会有座右铭，以自我激励或自我警醒，大家耳熟能详的，比如蒲松龄的"有志者，事竟成，破釜沉舟，百二秦关终属楚；苦心人，天不负，卧薪尝胆，三千越甲可吞吴"，林则徐的"苟利国家生死以，岂因祸福避趋之"；等等。

在我们开滦一中的校园里，随处可见励志之文辞，可供校园里的师生们选为座右铭。比如，"勤学如春起之苗，不见其增，日有所长；辍学如磨刀之石，不见其损，日有所亏""巧诈不如拙诚，惟诚可得人心"；等等。从小养成的习惯，看见文字就要读一读，所以，每天走过校园时，我都会把所见之文字，认真默读一遍，每次读，都如品香茶，如饮美酒，内心顿生清爽之气。

今晨，当我再一次默读校园内那些熟得不能再熟的标语时，禁不住想起自己读书时曾经使用过的座右铭。

记得上高中时，有一段时间总是觉得读书很苦很累，看到班上有的同学，因为有城市户口，读不读书，吃的都是商品粮，可比农村孩子幸福多了。将来，即便他们考不上大学，也可以分配到工作，不用像农民那样，面朝黄土背朝天，辛辛苦苦种地，风吹日晒不说，一年到头也剩不下几毛钱。父亲母亲省吃俭用地供我上学，还不就是为了让我换一个户口本？这世间事，太不公平了。

现在想来，人是不能在心里产生怨恨的，否则就会被怨恨的情绪噬咬，痛彻肺腑不说，一不小心，还会丧失奋斗的意志，变得狭隘、颓废、冷漠、麻木不仁、自暴自弃、怨天尤人等，最终患上精神之癌。

就在我觉得读书是一件苦差事，羡慕那些出生在城市里的同学时，偶然间读到一句话："宁与他人赛种田，不与他人比过年。"刹那间，灵魂打了一个激灵，心里豁然开朗。是啊，一个人活着，怎么可能只想着享受呢？"种田"与"过年"的关系如此一目了然，只有先种好田，然后才能过好年。从此之后，我不再抱怨什么，只一心一意读书，渐渐地，又从读书中找到无限乐趣。

有了这次经验之后，我再在书中读到好的格言时，总是反复诵念，务必记于心头，并常常以格言激励自己，或者安慰自己受伤的情绪，修炼自己的心理品格。在此，让我好好回忆一下，高中时代，常常用以激励自己的几句话：海阔凭鱼跃，天高任鸟飞；人不可有傲气，但不可无傲骨；人无远虑，必有近忧；静坐常思己过，闲谈莫论人非；害人之心不可有，防人之心不可无；大肚能容，容天下难容之事，开心便笑，笑天下可笑之人……有这些格言作为我的座右铭，作为我的心灵导师，人生的小船儿，便如同挂上了云帆，乘风破浪，勇济沧海。

做了教师之后，尤其是做班主任那段时间，我常常想，最好的教育来自哪里？家庭？教师？学校？良好的家庭环境自然让你人生的起跑线靠前一些；名师、名校也可以帮你更快地插上理想的翅膀。但是，人生如马拉松，最好的教育，还必须通过自我教育来完成。家庭教育、学校教育都是阶段性的，只有自我教育、自我修炼才是终身的，而且有着更为强大的内驱力。因此，人生的座右铭就显得尤为重要了。

我们一起唱歌的日子

小学毕业升入初中之后，读书的事儿就不在本村进行了，而是去公社新建的一所初中学校，我所在的那一届恰巧是那座新校园的第一批学生，为此我常常觉得自己很幸运。那座新校园离我们村很近，与班上许多同学相比，我少尝了很多走路之苦。

教室的宽敞明亮前所未有，桌椅板凳也是全新的，每人一套，不再像小学时那样，两个同学合坐一条长板凳，合用一张长桌子，中间画出"楚界汉河"，好像两个人老死不相往来似的。更能令大脑皮质兴奋的是，班上云集着来自全公社十个村的青春美少年，个个都如5月的青苗，蓬蓬勃勃。

排队派座位的时候，老师把我和Y村的敏派在一起，她明显比我爱说，把来自她们村的好几个同学一一地向我介绍，谁特别会唱歌，谁得过肺结核，谁的学习成绩最好，谁的年龄最大，谁家里最富有，谁有几个姊妹，谁曾经做过班长，谁家门口有棵合抱粗的大柳树等，我都默默地记在心上。

比较而言，Y村离我所在的中学要远一些，但还不是最远的，因此，来自Y村的同学，每天往返都要比我多走好几里路，多费很多时间。尽管如此，在敏口中最会唱歌的芳，几乎每天都早早地到校，在自己的座位上坐好，摊开书本，似乎在学习，而我则喜欢拿一只塑料喷壶，往教室的地面洒水。

某一日，芳如常早至，我在洒水的过程中经过她的课桌，看到摊在桌面的一个本本，上面写的竟然是歌词，于是我赶紧把塑料喷壶放回原位，然后大着胆子走到她座位跟前，央求她："听说你很会唱歌？给我们唱一首呗。"

在我的想象中，她一定会红着脸拒绝。然而，出乎我意料的是，她不仅没有一口回绝，还当即从书包里掏出另一个笔记本，一边翻着，一边问我想听哪一首。我盯着她手中的笔记本看了一眼，立即感觉到眼界大开。敢情她有好几个写满歌词的本子，里面尽是最近几年热映的电影里的插曲或主题曲，看得我都傻眼了，竟忘了让她唱歌的事儿，转而问她："你打哪儿弄来这么多歌词？"她说："我一边听收音机，一边记歌词，这些歌词都是在听收音机时记下的。"哦？这就难怪了，敢情人家对唱歌特别用心，我就不行。她热心地向我介绍，哪个时间段、哪个频道每天播放歌曲，让我特别羞赧的是，我家连一台收音机都没有。

整个小学阶段，除了向同桌借用过几次橡皮之外，我几乎没有动过别人的任何东西，更不会把别人的本子拿到自己手上翻来翻去。而眼下，芳却授意我自己翻开她的歌词本，找出我想要让她唱的一首歌。前前后后地翻阅几遍，终于从中挑选出一首《绒花》让她唱，她果真有一幅美丽的歌喉，嗓音甜美的程度超乎我的想象。之后，我让她教我唱，她就很耐心地一句一句地教我唱。唱完这一首，又唱了《边疆的泉水清又纯》。

自那以后，我经常在早晨或者课间的时候，凑到芳的座位旁边，听她唱歌，并且向她学习唱歌，直到她辍学为止。我向敏打听芳辍学的原因，说是不堪学习之苦。每次期中或期末考试，她的成绩总是不及格，尤其是数学，分数低得可怜，这令我十分不解。我常常觉得对课本知识的学习是一件很简单的事儿，从来不用特别费心思，但是，从小学到中学，不断地有同学掉队，辍学，辍学，辍学，他们就那么愿意辍学吗？想不明白。

芳辍学之后，我的课间便不再有歌声，除了男生的打闹，就是女生的闲聊，都不是我所擅长的。因为怀念，我专门跑去公社的供销社，买了一块儿漂亮的手绢儿，托我的同桌敏带给芳，表达我对她的问候。

高中毕业后，我曾专门去看过芳，长我几岁的她已经完全出落成一个大姑娘。虽然她对我的热情不减当年，但是，很显然，我们能够一起谈论的话题并不多。她向我介绍几位姐姐出嫁后的情况，向我介绍她父亲在县城开的诊所，她就在那个诊所上班。我有些羡慕她，虽然初中没毕业就辍了学，但是，依然有班儿可上，换作我，就只有修理地球的份儿，一天天面朝黄土背朝天，重复上一代人的命运。

我的幸运就在于学习这件事儿，用我同学们的话说："我也没见你怎么刻苦学习啊，怎么每次考试你的成绩总是那么好？"对此，我也莫名其妙，心里说："你们总觉得自己学习很刻苦，为什么每次考试，你们的成绩就是不行？"或许这就是"命"吧？每个人在出生之前，就被赋予了不同的命运，比如说芳，出生于相对富贵的人家，长得漂亮，歌也唱得好听，不用费力学习，靠着家传的接骨手艺，也能以行医为生，而我，除了念书、高考，没有别的路可以让我不再重复父母的人生。

离乡之后，每次返家，都要经过我曾经读书的那所乡村中学，流淌在那所校园里的岁月，便在回忆中发出叮叮咚咚的声音，仿佛清浅的小溪，我会不由自主地想起我们一起唱歌的日子，有些苦涩，有些甜蜜。

雨后清晨里的回忆

　　记忆中，从小就格外喜欢雨天，不论是春秋时节颇显柔情的绵绵细雨，还是盛夏时期仿佛夹枪带棒的雷阵雨。两相比较，似乎夏天说来就来、说走就走的雷阵雨更对我的脾气。站在堂屋门口，看雨水造成的瀑布自房檐哗哗地流往地面，然后在地上砸出一排浅浅的沙坑，是一件很惬意的事儿。如果恰逢雨势渐渐变小，小到举一把蒲扇在头顶就能挡住雨滴，我就喜欢冲到院子里或者大街上，光着小脚丫踩在细软的泥土，故意弄出噼噼啪啪的脚步声，直到父亲和母亲焦急地喊我："快回来吧，雨马上又要下大啦！"当然，他们的呼喊通常是不管用的，必须是雨势真的在渐渐变大，我自觉抵挡不住雨的侵袭，才会依依不舍地跑回到屋子里来，继续站在堂屋门口，观雨，听雨，并胡乱地猜想：雨是怎样从天上掉下来的？幼稚的小脑瓜百思不得其解。

　　记忆这东西——且慢，记忆是东西吗，应该是一个小精灵才对——记忆这个小精灵很善解人意，你忙碌的时候，它就悄悄地、不被人察觉地帮着你，把一些现时的东西打包整理好，收藏到自己建筑的仓库里去；当你偶尔闲暇，怀念起过往，记忆这小精灵又会为你打开仓库的门，把里面的东西一样一样地翻腾出来。所以，人回忆起旧事来，有时如涓涓细流，有时如滔滔江水，需要用理智的闸门控制着。美好的回忆就让它多飞一会儿，有如潘多拉魔盒一般的记忆，最好就让它永远地关着，别把它放出来，揪心剜肺。

说到小时候，说到雨天，自然会有很多话题。比如，雨后去山里采蘑菇，雨后到院子里捉蜗牛，雨后到河边看看有没有被冲上岸的大鱼搁浅在草丛中；雨后抬头仰望天上的彩虹，等等，这是很多人都曾经有过的体验，在未来，它们也必将被一代又一代人重复体验，成为人类共同的记忆。但是，只有独特的经历、感受和记忆，方能成就每个人独特的人生，使每个人都成为区别于他者的"自在"，无论是辉煌的人生，还是苦难的人生。趋利避害的本性决定了每个人都希望自己的人生是一出喜剧，但是，在世界的各个角落里天天都有悲剧在上演。所以，学会看戏，对于人生来说显得极为重要。

夏雨连绵，大人们自然是不能下地干活，都赋闲在家中。此时，父亲喜欢摆出一套工具，用存下的笤帚苗子勒几把笤帚备用；母亲则大抵是纳鞋底儿或拆洗被褥及旧棉衣，一家几口人的穿戴都得母亲亲手缝制，辛勤是必然和必需的；我和兄姊几个在一旁做一些小游戏或猜猜谜语，以打发绵绵无尽的时光。

最令人愉快的就是下雨天做豆腐脑吃。早饭之后，母亲早早地泡上一瓢黄豆，让父亲去对门儿借来一副小石磨。豆子泡好后，大姐、哥哥、二姐轮流开始拉磨。我在一旁看着觉得很好玩，也想尝试一下。听姐姐说需要很大力气才行，于是使出浑身力气，猛地一转，坏了，因为不得要领，上下两盘磨一下子就脱了臼……

在我的记忆中，母亲做的豆腐脑最好吃。母亲做豆腐脑，总是把应放的各种作料先行在烧开的浆水里调好，然后点上卤水，再上锅蒸。所以，一出锅直接就可以吃了，不必再另外打卤，满屋飘荡的香气勾得人馋虫都要从肚子里爬出来了。如果用现代流行语表述，这可是我们一家人雨天的奢华。离开我那个小山村之后，从未碰到过一份豆腐脑和母亲的做法相同，所有在市场上卖的豆腐脑，都是靠所谓的卤来调味儿，据说，在河南某地，吃豆腐脑不用打卤，直接加白糖即可。因为自小便吃惯了母亲做的豆腐脑，离乡之后所有吃过的豆腐脑都不是因为"好吃"而吃的，仅仅是作为早餐的一种选择而已。

自夏至后，唐山似乎正式步入了雨季。昨天闷热了一天之后，终于在夜里下了一阵小雨，早晨出门的时候，浓浓的潮气扑面而来，天依旧阴着，勾起我想要爬山的欲望。彳亍在通往山顶的石板路上，借着草尖上存留的雨滴，修筑一条通往少年、通往家乡的回忆之路。在回忆中，父亲的慈祥历历在目，母亲的辛劳历历在目；在回忆中，我又变成一个懵懂的孩子，享受童年的快乐时光，炕上的小花猫朝我喵喵地叫……

清晨赏花偶感

实在不明白现代某些人的审美出了什么问题，仿佛非"小众"或"特立独行"不足以表明自己高傲的姿态。就比如说赏花这件事儿吧，曾经与几位朋友谈论起这个话题，当我被问起最喜欢什么花时，我有时答牡丹，有时答荷花，因为我确实对它们印象深刻，差不多都是我小时候难得一见的极美丽而芳香的花卉。但是，朋友似乎不赞成我的观点，偏要举出某种几乎没有多少人认识和了解的野花，盛赞它们的不染尘俗，同时也是以花喻志。当此尴尬时刻，我就觉得自己一下子低到尘埃里去了，而对方是天上的仙。

其实我对花卉是没有任何偏见的，所有的花卉，不拘其大小、形状、色泽、芳香与否，我都愿意亲近它们，观察它们，探知它们的名字，甚至侍弄它们。我这个人一向愚笨，看花就是花，看鸟就是鸟，几乎不赋予它们抽象的所谓"物外之意"，不会像老夫子那样，看到雪中青松就会想到"岁寒，然后知松柏之后凋"，以此喻君子之志，其实也是以青松自比。我看松就是松，看月就是月，看山就是山，看水就是水，既不"移情"也不"别恋"。万物之美都是它本身就蕴含的，察与不察，并不能增减其美；万物之存都具有内在的合理性，人之好恶，并不能决定其存亡。可惜的是，从古至今，从中到外，比喻、隐喻、寓言、象征、夸张、拟人等，用得太多了，仿佛一旦离开这些，人就不知道该怎么表达了，很像现代的某些年轻人，喝惯了有各种添加剂的饮料，就忘记了白开水其实是最解渴的饮品。万物各归其本位，世界才能真正清清明明。若是总按照人的意志，给万物加上各种各样沾染了人的思想甚至是偏见的标签，那才真正可怕。

但是，无论如何，我不能否认人有人的意志，而且每个人都有每个人审美的自由与权利，因此，每个人的好与恶似乎都应该得到尊重，在不妨碍他人的权利与自由的大前提之下。陶渊明喜欢菊花，林和靖喜欢梅花，周敦颐偏爱莲花；苏轼喜欢"大江东去浪淘尽"，辛弃疾喜欢"醉里挑灯看剑"，易安居士喜欢"寻寻觅觅冷冷清清"。此既与时代风气相通，亦与个人命运相连，是偶然性与必然性共同作用产生的结果，彼此不仅不矛盾，而且共同丰富了人类精神花园，成为其中一个又一个奇葩。一个人的创造，无论是科学范畴的、艺术范畴的，还是思想范畴的，如果仅仅属于他个人，不能得到他者的呼应而成为一个代表、一个类别、一个体系，那么，这个创造不会有太强的生命力，很快就会像尘埃一样在大气中飘散。

物有物理，人有人欲。人也是"物"，是"物"中最特殊的一种，所以，人与"物"的关系常常是"剪不断，理还乱"。最难的，就是跳出人欲，跳出"我"的概念，去观察一切外物，理解一切外物，不求

"为我所用"，不求"深得我心"，唯其如此，才能理解老子所说的"天地不仁，以万物为刍狗"的道理吧？

但是，人（我是指作为个体的人）太渺小了，因为渺小，所以天然地被囚禁在一个叫作"我"的牢笼之中，既不能穷尽万物之理，亦不能不加个人偏好地欣赏万物之美，甚至于都不能全面看清自己，常常把握不了自己的情绪，更不用说掌控自己的命运，所以，一切傲慢与偏见便都有了得以孕育的温床。

由于认识事物的需要，人们总是喜欢比较，在比较中看出万物的异与同；又由于人在比较的过程中加入了自己的欲望与判断标准，所以，在比较之中分出优劣，看出高下，排出等级，列出次序，于是也就有了"最……"之说。就连一向"伟大、无私"的母亲爱自己的孩子，也都能明确地说出"最"，最喜欢哪个孩子，最偏心哪个孩子，何况人从自己的经验、情感、认知出发去审察万物呢？一切被人审擦过的事物，都必然或隐或显地带上人的气息。此非万物之幸与不幸，仅仅表明了人的局限性、选择性。

回到赏花这个话题，我之所以喜欢牡丹、荷花之类花瓣繁复的花朵，最大一层原因是，我喜欢它们（花瓣）一层一层地打开，渐渐坦露出一个被深藏的秘密（花蕊），就像我们对世界的探寻，总是需要一点一点地逐渐接近事物的本质。那种一眼就能看穿的东西，虽然也很美，而且常常带给人们一种轻松的情绪，但是，很难带给人探寻的欲望，不能带给人经历千难万险最终取得成功的深深的快感。你不能不承认，人面对清浅小溪与面对深沉大海时会产生不一样的感觉。有些人喜欢简单，有些人喜欢复杂，更多的情况是，我们时而喜欢简单，时而喜欢复杂。一味地简单，让人觉得食之无味，一味的复杂又常常让人感到心力交瘁。幸而我们所处的这个世界仿佛已深知人性的弱点，总是能变换花样地满足人们各种各样的欲望与好奇心，因此，这个世界看起来"无往而不美丽"。因此，"大众"也好，"小众"也罢，只要不是"从众"，而是发自内心的、真诚的判断，便是好的。

不要软弱得像个毛毛虫

这是写于七年前的一段文字，一直没有拿出来发表，因为我一直不确信这样的文字发表出来是否有意义，所以就一直搁在电脑里，让它沉睡了整整七年。今天，我重新把它找出来读，觉得还挺有意思的。这得感谢时间老人，他能让在当时看来特别重要、特别有意义的事件在若干年后显出荒谬、无意义，同样能让在当时看来荒谬、无意义的事件在若干年后回忆起来觉得有趣儿、有意义。这也没什么奇怪的，因为人人都知道，沧海能变成桑田，桑田也能变成沧海。有意义和无意义当然也会因为外部客观条件的改变和主观认识上的迁移而相互转化，只是需要时间而已。

不废话了，还是直接拿出那一段文字来请大家评析——

毛毛虫软弱吗？我不知道。如果抛弃那一点儿小恐惧，不去想象它曾经在自己身上爬行，我觉得，毛毛虫倒是十分可爱的。

某日，在教室里，班上的一名女生追着一名男生厮打，我很生气地喝住她，问明原因，原来是那位男生经常拿毛毛虫吓唬她。我说："毛毛虫很可怕吗？"她说，它那毛茸茸的样子很吓人。"对了，人家就是抓住了你的这个弱点，才经常拿毛毛虫来吓唬你的，因为这种方法很奏效嘛，人家拿一只毛毛虫在你面前，你就尖叫，正中人家下怀。如果你锻炼自己根本不怕毛毛虫呢，看他还能不能用一只毛毛虫来吓你。"我说。

过了一天，课间操的时候，那名女生跑到我跟前，对我说："老师，我不怕毛毛虫了，你看。"哇！这回轮到我吓了一跳，伸到我面前的她的右手心里，居然蠕动着两只毛毛虫。那一刻我觉得有些晕，对她说："虽然你不怕毛毛虫了，但也没必要把它们拿在手心里玩耍，快把它们扔掉吧。""WY再也别想用毛毛虫吓唬我了！"那名女生颇有些得意地说。

很多时候，我会觉得，人是被自己的想象吓住的。比如说，见到蛇的时候，我们之所以恐惧，就是想象它盘在自己身上的样子多么可怕，于是，就觉得蛇是很令人憎恶的。耍蛇的人为什么不恐惧蛇呢？

以上说的都是临时想起来的一些题外话，与我当初想要写的"不要软弱得像个毛毛虫"这一主题毫无关联。当然，题外话也是必要的。赏花赏到花萼就是更高的境界了。

"不要软弱得像个毛毛虫。"这是我脱口而出的一句话，没有经过任何酝酿，更没有像贾岛那样一边骑着毛驴行走在大街上，一边"推推敲敲"，一不小心就冲撞了韩愈大人的车驾。虽是脱口而出，其余味无穷，所以，特记述之。

那天，班上的一名男生在下午第二节课后向我请假，要求回家休息，理由是感冒发烧。我摸摸他的额头，一点儿不热，端详他的神态，没有任何无精打采的样子，听他说话的腔调，底气很饱满，根本就不像是生病的样子。我知道，他是觉得学习上很吃力，提不起兴趣，所以想要逃出学习场，逃到一个可以让他放纵惰性的地方。

于是我说："坚强点儿，像个男子汉，不要软弱得跟个……"

我本意是想说"不要软弱得跟个小女子似的"，因为通常情况下，"小女子"是和"男子汉"相对仗的两个意象嘛。习惯上，人们爱说男子汉是坚强的，似山，而女子是软弱的，若水。忽然就刹住了话闸。且慢，谁说女子就是软弱的？说女子柔韧我同意，但柔韧恰恰是另一种坚强。所有关于女人的不敬之语我都在心里坚决反对，拒绝接受，并深恶痛绝之，我怎么还能自己去毁女人的"名节"呢！脑筋急转弯，划出一条优美的弧线，话也就脱口而出："不要软弱得像个毛毛虫。"

一语既出，惊骇四邻。坐在我旁边的陈老师先自笑将起来。

很好笑吗？最起码这是一句除了毛毛虫谁也伤害不到的话。而毛毛虫是不会来找我打架的吧？类似"唯女子与小人难养也"的话，还是不要轻易出口的好，我对孔老夫子的敬仰就因为他这句话而减弱三分。

在古代的寓言故事中，寓言家们总爱用动物作比，说驴是愚蠢的，说狐狸是狡猾的，说狼是凶残的，说癞蛤蟆总想吃天鹅肉，说蛇痴心妄想要吞掉大象，哈哈，寓言家们一定是算准了，即使把那些动物冤枉死，它们也绝没有找寓言家打官司的能力。

这样一想，内心又生出揶揄，我是不是也染上了寓言家的"恶习"，耍起"老太太吃柿子——专拣软的捏"的做派？

嘻嘻，毛毛虫是可爱的，喇叭花也是可爱的，下次，要批评哪名同学只重外表奢华不重内心修养，我就应该说："你不要整天张扬得像一朵喇叭花似的。"OK！就这么着了。

如今我已经从班主任的岗位上退下来整整六年多，甚至于在刚刚过去的三年时光里也脱离了教学岗位，成为一名图书管理员，偶然间翻出上面这段文字，并通过它回忆起曾经的火热生活，觉得虽然很累但也很充实。这就是写于七年前的《不要软弱得像个毛毛虫》之于我个人的意义。

清晨小感悟

今天是 6 月 5 日，对于工作在高中校园里的人来说，6 月 5 日注定是个不同寻常的日子：学校要为高三年级的同学举行毕业典礼；高一、高二年级的同学连上三节课，然后要按规定把教室布置为高考考场；有高考工作任务的老师们，需要考虑考前、考中的各项事宜及工作要求，不能出现丝毫差错；没有高考工作任务的老师，可以趁机度一个小长假，约上三五知己，去外面的花花世界，随意走一走，散散心，缓解一下亚健康状况……在这个充满矛盾的世界里，有人十分紧张，有人十分放松；今天你十分紧张，明天你可能有机会放松。所以，不要抱怨世界不公平，要相信属于你的公平终有一天会悄悄来到你身边。

"时间又过去了一年。"——对于在学校工作的老师们而言，似乎比其他工作战线的同志们，每年都多一次感慨时间飞逝的机会——小升初啦，中考啦，高考啦，这些时间节点似乎比新年、春节一类的时间节点，更能让人产生对时间的焦虑感。

"送走一届学生，铸就一座丰碑。"听起来十分光荣伟大，而一切光荣伟大，都离不开两个最基本的概念——时间、心血。孩子们的成长需要时间，老师们完成育人目标需要心血。成长中的孩子们，像小鸟飞离母巢一般，一窝一窝地飞走了；留守在校园里的老师们，还要考虑"养育下一窝小鸟"，直到光荣退休。

所以，时间所带来的并不总是成长的惊喜，还有走向衰老的焦虑。以健康或者事业为标准来衡量，就一般情况而言，每个人的一生都只能是一条抛物线，差别在于抛物线中轴的高度以及抛物线开口的大小。记得上中学时，数学老师告诉我们，斜向上45度抛物，能够把物体抛出最远的距离。如今想来，这只是一个机械化的关于抛物线的抽象理论，而实际情况是，必须首先考虑抛物者用力的大小。这样一来，也就涉及逻辑推理中的演绎推理问题，在此不便多说。

逝者如斯！既然谁也挡不住时间的脚步，且静下心来，倾听这脚步声，权当是听一曲《汉宫秋月》或《雨打芭蕉》什么的。时间的脚步声不疾不徐、不骄不躁，所有的"疾"与"徐"，"骄"与"躁"都在人心。由此，我们也可以联想，天生万物，本无所谓美，亦无所谓丑，所有的"美"与"丑"，也全在人心。因此，所谓人生，也就是一个"心动"的过程。因为心动，所以"心旌摇动"。如果心如止水，外面的世界风浪再大，也不过一叶扁舟即可渡。

今天是星期二。星期二的早晨，我照例是要在上班前去凤凰山公园散步的。泊好车之后，从凯源饭店门口的人行横道穿过宽阔的北新道，就到了公园边上，那里有一片小水洼——在以前的文章中，我本来是称它为湖的，一位关系不错的同事，非要给我纠正说"什么湖啊，分明就是小水洼"。好吧，我今天就称它为小水洼，以后也称它为小水洼，因为我突然觉得"洼"这个字读起来很顺口，而且土得有些雅，要是在我们老家，习惯上恐怕直接就叫它大水坑了。

沿小水洼绕上大半圈，我就可以从小水洼东面爬上凤凰山北坡。当然，我也可以多走几步，直接绕到凤凰山东面，走平坦的水泥路。稍微犹豫一下，还是决定沿山坡的羊肠小路走一走，欣赏一下那里完全自然生长的植物们，它们渺小地长在山坡上，彼此拥挤在一起却十分和谐。

前段时间，庞博来考察曲枝天门冬，我特意让她看的一株"稀有"植物已经开花，靠近根部的基生叶却完全枯萎了，只一根半尺多长的花亭直立着，头上顶着伞形的白色小碎花，每一朵花小得我都难以分辨出它们的花瓣儿来。

一路上山，虽只是短短的行程，却已经是大汗淋漓了。不过，心里仍然想着周末是否可以找好朋友去山里赏花的事儿。去年，我曾经写过一篇文章，题目是《为那些陪我一起长大的植物们——找到名字》，这是我内心的一个愿望。老了，老了，总是不由自主地想起童年的经历，但是，那些被我们折过、踏过、尝过、挖过的植物，我却很少知其芳名。要知道，在植物学上，每一种进入人们视野的花花草草，都被植物学家们科学地命名过了。

下山。走在平坦的水泥路上，有树荫为我带来一丝清凉。我在微信里对朋友们说："春天不是很快就过去了吗？夏天也会很快就过去的。秋天更短。似乎只有肃杀的冬天，略显漫长一些，对于喜欢赏花的人来说。"我本来是要忽悠他们的，却不期然地把自己带入更深的感慨中，继续写道："整个人生都很快就过去的。每个人都不过是在时间的缝隙里，勉为其难地寻觅片刻欢愉。且当珍惜！"

第四辑

在别人眼中看到自己的美

曾经，我喜欢在冬季养几盆水仙，欣赏它浸泡在水中的洁白的鳞茎，碧绿的挺拔而颀长的叶片，青白色的花萼与花瓣平平展展地舒张着，玉盘一般托举着金黄色的杯状副花冠，以及由副花冠包围的同样金黄色的花蕊，整体上看来清丽而雅致，四溢的芳香沁人心脾，观之令人心旷神怡。相看两不厌，端详得越久越能感觉到它稀世的仙气和飘逸的美。于是，不由自主地想起一个与水仙花有关的古希腊神话故事。

河神刻菲索斯娶了水泽神女利里俄珀为妻，生下一个儿子，取名纳喀索斯。转眼之间，纳喀索斯就长到了十六岁，成为英俊美少年，但是，由于一个"不可让他认识自己"的神谕，他的父母从未让他见过自己的容颜，所以纳喀索斯一直不知道自己长成啥样。他喜欢背着箭囊，手持弯弓，从早到晚在树林里打猎。树林中有许多神女在游玩，她们都十分喜欢纳喀索斯的美貌和风姿，愿意追随在他的左右。

有一天，纳喀索斯又到林中打猎，他发现了一片清澈的湖水。这湖水还没有一个牧羊人发现过，所以不曾有一只山羊饮用过，不曾有一只野兽游玩过，也从没有一只鸟雀飞掠过。湖面上没有任何枯枝败叶。湖的四周长满了绿茵茵的细草，高大的岩石遮蔽了阳光。纳喀索斯觉得有些累，又热又渴，便来到湖边，低下身去准备喝几口清凉的湖水。就在低头的刹那，他在水中看到一个迷人的身影：一双明亮的慧眼，有如太阳神阿波罗那样的卷发，红润的双颊，象牙似的颈项，微微开启的不大不小的朱唇，妩媚的面容，如出水芙蓉一般。

他想，一定是水中的神女在窥视他，于是，又惊又喜，竟然对自己在水中的倒影一见钟情。他想伸手去拥抱水中的情人，可是，当他的手一触到水面，影子便荡然无存。他用嘴去亲吻那两片朱唇，水面却化作一片涟漪……

俊美的纳喀索斯日复一日地在湖边流连，久久凝望湖中的"女神"，如痴如醉，竟至难以自拔，终于有一天他忘情地赴水求欢，结果却溺水而亡。山林中的神女们闻讯赶来悼念他，她们发自内心的、深深的悲痛感动了宙斯。几天后，湖边的草丛中长出一株株美丽的水仙花，澄澈的湖水清晰地映照出它们美丽的影子。水仙花是纳喀索斯的化身，是宙斯为了抚慰那些深情的神女而创造出来的。

这个既令人悲伤又令人欣慰的绝美故事，在欧洲流传了两千多年，直到19世纪，终于有人把这个故事的内容做了一小段延伸。续写这个故事的人就是19世纪英国伟大的作家、艺术家，以其剧作、诗歌、童话和小说闻名遐迩，唯美主义的代表人物奥斯卡·王尔德。

王尔德所写的故事简短而耐人寻味。内容如下：

一个英俊的少年，天天到湖边去欣赏自己的美貌。他对自己的容貌如痴如醉，竟至有一天掉进湖里，溺水身亡。他落水的地方，长出一株鲜花，人们称之为水仙。

水仙少年死后，山林女神来到湖边，看见一湖淡水变成了一潭咸咸的泪水。

"你为何流泪？"山林女神问道。

"我为水仙少年流泪。"湖泊回答。

"你为水仙少年流泪，我们一点也不惊讶。"山林女神说道，"我们总是跟在他后面，在林中奔跑，但是，只有你有机会如此真切地看到他英俊的面庞。"

"水仙少年长得漂亮吗？"湖泊问道。

"还有谁比你更清楚这一点呢？"山林女神惊讶地回答，"他每天都在你身边啊。"

湖泊沉默了一会儿，最后开口说："我是为水仙少年流泪，可我从来没注意他的容貌。我为他流泪，是因为他每次面对我的时候，我都能从他的眼睛深处看到我自己的美丽映象。"

第一次读到王尔德所写的"水仙少年"的故事，心中便有豁然开朗之感，为王尔德熬制"心灵鸡汤"的玄妙手段深深折服。毫无疑问，"只叙事，不抒情；讲故事，不评论；多隐喻，少直白"，小火慢炖，熬出来的鸡汤才经得起人们仔细品鉴，越咂摸越有味儿。与之相反的是，有些鸡汤一端上来就让人闻到一股不协调的味道，好像水烧干了，鸡块炖煳了，不得不再往锅里添冷水，再煮一个开。

希腊神话讲的是一个少年自恋成癖的悲剧故事，王尔德讲了一个人如何认识自我的故事，都很唯美，都很感人，但是，对人心灵的启发却大不同。王尔德的故事让我们深刻认识到：美是一种相互观照，不是孤芳自赏，所以，我们要善于在别人眼中发现自己的美。毕竟，人生的首要任务是修行自我，而不是成全他人，发现自我的美，实现自我的美，提升自我的美，乃人生之重要奥义。之后，方可讨论"达，则兼济天下"。缺乏对自我的认识与成全，一切所谓的"高尚"都是无源之水，无本之木。

如果有机会，我也想去寻一片从来未曾被污染过的湖水，我要欣赏它的美，同时，让它在我眼中看到它自己的美。

参差荇菜，左右采之

2019年7月15日，晨，我一个人驱车去唐山环城水系，在河边公园散步，欣赏一下那里的植物、飞鸟以及附近拔地而起的高楼。一切都是熟悉的，一切又都在变化之中。因为没有什么特别的惊喜，所以也就恹恹地想要回去。

汽车缓缓前行，驶到某个桥头，我随意地扭了一下脖子，其实也是心有不甘，向左边——刚才我脚步没有到达的地方，瞥了一眼。谢天谢地，幸亏我瞥了这一眼，才没有错过一次令人惊喜的相遇，才没有辜负命运早已为我准备好的一场视觉盛宴，也才使得我在这个早晨的散步有了值得纪念的意义。真可谓峰回路转，柳暗花明，心情在那一刻豁然开朗。

就在扭头的瞬间，透过车窗，我看到桥下的那片水域中，似乎有漂亮地开着黄色花朵的水草，在河面上熠熠生辉，我突然意识到：那一定是荇菜！于是，行几十米，掉头，把车在路边停好，下坡，来到水边。果然是荇菜，而且是好大一片，长得十分茂盛，无数金黄色的花朵，十分灿然地点缀在河面上，像星星点缀于夜晚的天空，耀眼而迷人。

提到荇菜，很多人立马就会脱口而出："关关雎鸠，在河之洲。窈窕淑女，君子好逑。参差荇菜，左右流之。窈窕淑女，寤寐求之。"此时，你别想让他住口，他必定要一口气诵完剩下的内容："求之不得，寤寐思服。优哉游哉，辗转反侧。参差荇菜，左右采之。窈窕淑女，琴瑟友之。参差荇菜，左右芼之。窈窕淑女，钟鼓乐之。"作为《诗经》的首篇，我想，稍微有些文学常识的人，都一定背诵过它，而且终生难忘。

所以，毫无疑问，在中国，荇菜完全可以作为爱情的象征，比之于西方的玫瑰。可惜的是，玫瑰易得，花卉市场上有的是卖的，四季无缺，但是，你要到哪里去寻一株荇菜，采其花，送给心上人呢？即使你寻到了，把花儿递到她（他）面前，她（他）也未必认识。就这样，诗和现实，有时隔着十分遥远的距离。

记得三十多年前，青春萌动的我，第一次读《诗经·国风·周南·关雎》，就被诗歌美好的情愫所感动，对尚未涉足的爱情之河充满遐想，但同时，心心念念的一个问题却是：荇菜长得啥模样？由此可见，一个乡野姑娘，对植物的热爱是多么深刻。

那个时候，电脑还处在 DOS 系统阶段，一般人难以掌握它的使用要领，更不用说网络的普及了，不像现在，想要知道荇菜长什么样，百度一下就 OK 了。可是，十五年前，家用电脑已经普及到像我这样的一般家庭了，我甚至都学会了上网络论坛，与网友谈论散文的写作问题，但是，我却没有想起通过"百度"来认识一下日思夜想的荇菜，倒是一边空虚地想象着荇菜的模样，一边写了一篇作文《一株水草的爱情》。那时候，我特别爱空想，或曰遐想，仿佛通过想象的渠道，能够进入一个远离现实之窘困的美好世界。时至今日，我依然认为，只有在想象的世界，人才是自由的、平等的，无拘无束，无贵无贱。

差不多三年前，因为迷恋花草的缘故，我经常去百度看各种各样的植物照片，一不留神，翻来翻去的，就翻到了荇菜那一页，揭去多年层层叠叠的面纱，始知荇菜的真实模样。那一刻，我是欢喜的，但是，仍然遗憾于不能在现实中见到荇菜，亲手摸一摸它碧绿而肥厚、光滑得犹如镜面一样的心形叶片，目睹一下它耀眼的鲜黄色的花瓣，用鼻子闻一闻花朵的味道，是否充满了芳香，甚至于，轻轻揭开漂在水面的叶片，看看下面是不是藏了小鱼小虾什么。想来，一定曾经有数不清的鱼儿、虫儿，在荇菜的掩护下，卿卿我我，为生命的绵延，为大自然的繁荣倾尽热情。

还有一个问题萦绕于脑际：那些贵妇人采荇菜做什么呢？这个问题，当然也可以通过搜索轻而易举地获得答案。如下：1. 荇菜生水中，叶如青而茎涩，根甚长，江南人多食之。2. 荇菜的茎、叶柔嫩多汁，无毒，无异味，富含营养，猪、鸭、鹅均喜食，草鱼也采食，分布区的群众多喜欢捞取切碎喂猪和家禽。3. 荇菜全草均可入药，能清热利尿、消肿解毒。

一直以来，让我觉得特别神奇的是，但凡植物，中国人总能找到它的用武之地，食物、药物、织物、饲料、染料、建筑材料等，顶不济还可以当柴烧、做绿肥。不过，在现今的社会条件下，我最喜欢人们在审美的层面上去认识它们，在文化的层面上去了解它们，在精神的层面上去欣赏它们，而不仅仅是在物质的层面上去利用它们。

《庄子·知北游》中有云："天地有大美而不言，四时有明法而不议，万物有成理而不说。"不言，不议，不说，是因为言不穷，议不完，说不尽。一株普普通通的荇菜，带给人的享受与美感就如此之多，况天地、四时、万物乎？

我用手机把那些荇菜拍了又拍，在依依不舍地离开之时，心里想的是：我一定还要再来欣赏它们。

当你老了，
谁与你一起
回忆青春

我越来越觉得，对于个体生命来说，时间就像一个最终会自己闭合的瓶子，而每一个生命个体，从他（它）出生的那一刻，就被放置在专属于自己的那一个瓶子中。加点儿水，加点儿肥料，在阳光下，像水生植物一样，安于宿命，又不安于宿命地成长，向下长出根须，向上开枝散叶。

起初，这个瓶子看起来无限大，以至于每一个生命个体都没有意识到它的存在。渐渐地，随着个体生命自我意识的成长和膨胀，会越来越深刻地认识到，有一个叫作时间的"瓶子"，始终与自己的生命相伴，他（它）热爱这个瓶子，珍惜这个瓶子，就像蜗牛每天背着它的壳。

但是，瓶子就是瓶子，没有情感，没有温度，倒像是一个阴谋，一个陷阱，一个狡猾的敌人，一个最终会越勒越紧的绳套，一个"成也萧何，败也萧何"的悖论。无论这个瓶子的底部多宽、多广，它的上部必然有一个瓶颈，瓶颈之上，是一个早就埋伏好的机关。按动这个机关，瓶子就变成了一个闭合的容器，把生命个体死死地封闭在瓶子里。

然后，一只无情的手，轻轻地一抛，瓶子便沉入一个叫作"历史"的海底，像一粒沙子沉入水中。

面对越来越衰老的父亲，我知道，属于他的那只瓶子，正紧锣密鼓地逼近闭合状态。原本就不善言谈的父亲，话语越来越少，每天能够主动说出口的，也无外乎"给我点儿水啊""我要吃药""在这儿坐一会儿""我要去解手"。一天之中，有四分之三的时间，都在睡觉。

曾经，听父亲诉苦："忒孤单啊！一天天的，也没个人说话。"是啊，老伴儿已逝，儿女各自奔忙，被困在狭小的房间内，又兼耳聋眼花，能够与外界交流的机会实在不多。一个人孤孤单单地来到世界上，最终，还必须回到自己的孤单里去，这是每个人的宿命，谁能摆脱？

眼看父亲又要合上眼睛，坐在沙发上打盹儿，我忽然想，还是和父亲谈点儿什么吧，虽然我们很难找到共同的话题。

必须承认，血脉并不能帮你打通通往另一个人精神世界的道路，它不是物理实验里的 U 形管，老师的演示让我们看到，这边的水位有多高，那边的水位也就有多高。血脉仅与生命的传承有关，而灵魂的相通还需要更多、更复杂的因素。所以，我认为我与父亲的这次交流，基本上属于没话找话。

能够找到的最好话题，就是让父亲讲述属于他那一代人的故事，比如说伯父年轻时的故事。我知道，伯父先后有两个媳妇，第一个媳妇给他留下一个女儿；第二个媳妇给他带来一个女儿，然后又与他生了一个女儿、两个儿子，白头偕老。我问父亲："我那第一个大妈是离婚啦，还是死了？"

通过父亲的讲述，我得知，为了讨生活，伯父在 1941 年离开家乡，拖家带口地去了东北（应该是今天的吉林省德惠市）。当时一个大杂院里住着许多人家，赶上某年闹瘟疫，我的第一个大妈病逝了，很不巧的是，瘟疫也夺走了同院住着的另一个女人的丈夫，于是，一个寡妇和一个鳏夫成了命定的结合。尽管伯父长我第二位伯母 12 岁，但是，伯母七十多岁去世以后，伯父又活了很多年，直到 96 岁才寿终正寝。

我问父亲，伯父在东北靠什么维生，父亲说伯父是开饭馆的。这让我立即想起前几天看过的一部电视剧——《老酒馆》。当然，伯父当年的生意可没"山东菜馆"那么大，父亲所谓的"开饭馆"，其实不过是说伯父当年靠卖烧饼、炸油条维持生计。三十年前，伯父做烧饼的手艺我是见识过的，用"前无古人，后无来者"形容，一点儿也不为过。

我看到父亲脸上洋溢着一种颇为自豪的表情。如果是年轻的时候，他一定是笑眯眯的，如今老了，微笑的表情不容易被人察觉。我听父亲继续说："当年你大爹卖烧饼，就那一个小平锅，一锅就烙几个烧饼。想吃的人都得排队等着。"以我对伯父烙烧饼过程的了解，父亲此言必不虚，那么，父亲脸上自豪的表情一定与此相关。

后来，我似乎又从父亲脸上看到一种幸福的表情。讲完伯父的烧饼，父亲接着说："你爷卖猪头肉。那猪头肉，做得特别香。"据我早年知道，爷爷在五十几岁的时候就去世了，爷爷去世的时候，父亲只有十岁。因为生活难以为继，奶奶就带着父亲和我老姑（长我父亲两岁）也去了东北，投奔伯父。1949 年，奶奶一行三人从东北回到老家，经营土改分得的土地；而伯父一家，直到 1958 年才从东北回到老家，为的是与村里人一起吃"食堂"。

谈到父亲 1953 年的从军，我第一次得知，父亲所参加的部队，是从朝鲜战场撤回到国内休整的，为了补充兵源，招收了大批新兵，其中就有我的父亲。后来，因为朝鲜停战，部队就没再入朝，而是留在山海关驻守。山海关离我的老家不过百余里，所以父亲从军，基本上就相当于在家门口站岗。1957 年，在奶奶的坚持下，父亲退伍还乡，从此被绑在了土地上。

88 岁的父亲在我家小住十日，其间，与我的这一次长谈，大概是他最快乐的时光。除了谈到家史，我们还谈到了村里的几位烈属（他们的儿子牺牲在朝鲜战场），谈到八十多岁依然健在的几位老人，谈到我只是耳闻却从来不曾谋面的几位乡人。总之，都是父亲记忆深处的人和事，都是随着同代人离世必将无声无息沉入史海，无人打捞，亦无法打捞的人与事。

我一边同父亲聊天，一边满怀心事地想：当你老了，谁与你一起回忆青春的过往？每个人说到底都不过是永恒时光里的匆匆过客，最终的命运就是，被尘封在属于自己的那一小段儿时光里，或许，只有高贵的灵魂还能够获得一次"化蝶"的机会。

旧庭院

　　推开大铁门上的那道仅容一人通过的小门儿，哥哥、嫂子、我和我的先生鱼贯状，高抬腿、轻落足，先后跨入院内，一种久违了的感觉立即涌上心头。禁不住某种诱惑，我小心翼翼地东张张，西望望，探寻记忆中的有形之物，以期将之与形而上的东西重新整合。

　　"呀，香椿树长这么粗了，这么高！就剩下一棵了。"进门没几步，东墙边的香椿树就首先吸引住我的目光。顺着眼前的树干仰头向上看，天很蓝，树枝还光秃秃的，没有半点儿绿色，不像杨柳，春风一吹，早在冬天里就悄悄蓄势的芽苞，便像在襁褓中睡醒的婴儿一般，用力地伸着小胳膊，蹬着小脚丫，把懒腰伸到极致，让人看着就觉得特别舒坦。而眼前的这棵香椿树，依然那么"精干"，仿佛沉迷于被秋风"删繁就简"后的无牵无挂。

　　香椿树深棕色的树皮很厚，呈竖向开裂，略向外翻卷着树皮，像一条条永远都愈合不了的伤口，因此显得特别粗糙，但同时似乎也透着一种刚毅。每一根树枝都向斜上方笔直地生长，"柔"与"软"这样的词汇在它身上没有用武之地，典型的"宁折不弯"，因此，在蓝天的映衬下，这棵苗壮的香椿树特别能给人以坚毅的感觉。我习惯性地掏出口袋里的手机，"咔嚓"一下，又"咔嚓"一下，给它拍了两张照片存念。

在我小的时候，院子里并没有香椿树，倒是东邻家院中有一棵比较高大的香椿树。不知怎的，我上了大学以后，院子中东墙根儿突然多出一排香椿树苗，贴墙立着。我好奇地问母亲，怎么想起栽这么多香椿树，母亲说："哪儿是栽的呀，都是它们自己长出来的，是从东界壁儿荫（方言，音为 yìn，具体哪个字，不详）过来的。"我便好奇地再问："那以前怎么没荫过来呢？"母亲说："以前也总荫出来，都被你爸拔掉了，今年没拔。"哦，原来如此。

自从院子里有了香椿树，我和哥哥每年五一放假回家时便多了一个乐事儿，母亲总要掰一些香椿芽摊鸡蛋，或者用香椿芽炸酱，都是我们小时候爱吃的，临别时，还要掰更多的香椿芽给我们带回家。我说："别掰了，香椿树才刚刚长出这些嫩芽来，会影响它们生长。"母亲总是说："没事儿的，掰了还会再长出来。拿家去，放冰箱里冻着，想啥时候吃就啥时候吃。"

六年前母亲去世了，父亲搬到姐姐家去住，这个老宅院基本上就处于闲置状态，我和哥哥只在每年的清明时节，趁着给母亲上坟的当儿进来看一眼，只做片刻停留，然后就锁上大门，去二姐姐家吃午餐。母亲在去世前，被病痛和坏脾气折磨了好几年，因此算起来，我对院子里的香椿树的记忆，似乎还停留在差不多十年前。十年前，那里有一排胳膊粗细的香椿树，树叶的美味儿会在我的舌尖儿上缠绵一段时间。

二姐姐嫌母亲的老宅子离自己家远，懒得仔细经营，听说自去年开始，把这院子的经营权让给了当庄的二舅。二舅可是个勤快人，能够把庄稼地侍弄得不生一棵杂草，这小小的院落当然也不例外。二舅竟然把这院子里所有能够利用的土地全部利用起来，就连窗台下我从不曾栽过任何花草的地方也不放过。我们走进院子，赫然发现，所有准备利用的土地都用锹翻过了，呈疏松状，就连我小时候种在院子里的花儿，一直长了好几十年的白玉簪和卷丹，也被锄掉了，前院儿后院儿，就剩下一棵香椿树。

二舅的勤快在村里是出了名的，如今已经是七十岁的人了，经营起土地来还是没有半点儿含糊，他一定是觉得我那些花儿没有实用价值，空占土地，不如锄掉之后种上两棵玉米来得实惠。可是在我心里，那些花是与这旧宅院长在一起的，每当我想起这座宅子，必不可少地会想到这些花以及与花草相关的故事。如今，我也老了，总是需要借着一些旧物回忆起某些人、某些事儿，这些旧物是我重回过去时光的入口，或曰它们是我回望过去的一扇窗。

也好，锄了就锄了吧，反正我是没有多少机会再重回这里的，万事万物都在改变中，一座旧庭院焉能不改？况且，随着母亲的仙逝，这老宅院早已今非昔比，离荒废已经不远了。

我一边胡思乱想，一边在地面上逡巡，试图找到一些有生机的东西。猛地一瞬间，堂屋门口旁边，几片被风卷在一起的枯叶中间，有几棵附地菜正开着细小的淡蓝色小花儿，还有几棵早开的堇菜正开着紫色的花儿，最耀眼的，当然是那棵蒲公英，正开着金灿灿的黄色花朵。再仔细寻找，还有几棵荠菜也开着白色的小花儿，阳光明晃晃地照在它们身上，连我都感觉到了一丝温暖。

蹲下身子，我为这些野花野草拍下照片，此时此刻，一向热爱植物的我，在它们身上找到了心灵的慰藉。是啊，不要担心一座宅子的荒废，看到荒废的只是人的眼睛，大自然永远没有荒废的概念，植物们永远充满生机，而人，是多么局限啊，局限于"我"，局限于"用"，局限于某个概念、某种观念，画地为牢。

我不知道，以二舅的勤快，这些野花野草们是否能安然地在这座宅院里走过四季，但是我知道，明年此时我再来这里，会有同样的花草寂寂地生长于旧庭院，带给我喜悦的心情。

三种香

如果还有选择工作环境的机会和自由，有三个地方是我最向往的。一个是水果店，一个是中药铺，一个是图书馆。因为这三个地方有着世界上最诱人的香气。

虽然此前我对果香并不陌生，但是，当我第一次走进那个叫作"果海"的水果专卖店，还是十分惊诧于里面浓郁的香气。环顾左右，货架上成堆的水果一个个饱满丰腴，透过果皮散发出来的酸酸甜甜的香气，很容易让人联想起曹雪芹笔下的金陵十二钗，难怪宝玉混迹于女儿群中不愿遵父命去读书谋取功名，女儿群中的宝玉已是神仙，何必、何须再堕落到凡夫俗子群中呢？正如置身于果海中的我，仿佛一下子忘记了自己是来买水果的，还是一不小心闯入了一个叫作果海的梦幻世界。迷离于果海中那浓郁得令人如醉如痴的香，只想远离尘嚣，让一切人世的纷争化为一缕袅袅轻烟，在树梢的摇摆中散去，在莺燕的歌舞中散去，在月光的朦胧中散去，在菊花的绽放中散去，在秋水的流动中散去，在女人的相思中散去……果海，沁人心脾的香气真的能让你想起世界上最曼妙的事物，而你也仿佛正成为该事物的一部分。果海，沁人心脾的香气，能让你产生一种变身为"水晶人"的错觉。

中药的香是另一种诱人的香，不仅入肺，而且入脑、入神。我在少年的时候就喜欢追逐这种香，看着邻人倒在大街上的中药渣渣满腹狐疑地想："就是这一堆难看的东西散发出来的香气吗？"后来读书读到"松下问童子，言师采药去，只在此山中，云深不知处"时，内心便对隐居山林的生活有着无限的神往。毫无疑问，用对了的药具有祛病健体、美容养颜、延年益寿的功效。读金庸的武侠小说，我总是对"九花玉露丸"之类的神奇药丸充满兴趣。若再说到《红楼梦》中薛宝钗制药之复杂、精细，觉得她哪里是为了治病，根本就是在摆谱嘛，奢靡之至。每次走进中药铺，闻着沁入骨髓的药香，都有一种不忍离去的感觉。植物之根、茎、叶、花、果，动物之血、肉、骨、皮、胎，甚至四时之霜、露、雨、雪均可入药，岂不奇哉、妙哉！而那个一贯调皮捣蛋的孙猴子还要把锅底灰和马尿也掺和进来一些……

"布衣暖、菜根香、读书滋味长。"第三种香当然就是书香了。古人说："腹有诗书气自华。"孙敬头悬梁，苏秦锥刺股，车胤囊萤，孙康映雪，李密挂角等，都是与刻苦读书有关的感人故事。古语云："富家不用买良田，书中自有千钟粟。安居不用架高堂，书中自有黄金屋。 出门莫恨无人随，书中车马多如簇。娶妻莫恨无良媒，书中有女颜如玉。男儿欲遂平生志，六经勤向窗前读。"虽然过多地渲染了与封建科举制度紧密联系的读书的功利价值，但是，谁又能否认读书带给人的一系列变化和好处呢？

因为读书，使人懂得了"天行健，君子以自强不息"的道理；因为读书，使人更加了解"宁可食无肉，不可居无竹"的精神追求；因为读书，使人知道了"地上的路，本无所谓有，无所谓无"；也是因为读书，使人看到了奥林匹斯山上一群英俊潇洒、美丽端庄的神……读万卷书，不仅仅如同行万里路，它还载着你在历史的长河中任意遨游，既可以顺流而下，也可以溯流而上，聆听智者的声音，饱赏美女的风貌，冷眼旁观政治家的铁腕儿，惊叹于军事家的运筹帷幄，陶醉于"大江东去"的吟唱，想象"木石前盟"的浪漫，警醒于"三言二拍"的劝诫……虽置身书外，却仿佛身临其境，让你对各种时间、各个场合中所发生的事耳熟能详、了如指掌、感同身受、如梦方醒。若此，虽身陷一隅，感知的触角却伸向无极。

就物质而言，我坚决赞同庄子"鹪鹩巢于深林，不过一枝；偃鼠饮河，不过满腹"的观点，但是，在精神上，大鹏展翅、水击三千、抟扶摇直上九千里，则非有万里长空不可。读书让你认识到自己的渺小，却能感受到自然造化之神奇，深刻认识社会及个人命运之复杂、波谲云诡。面对生命的有限，唯有读书才能使人摆脱对所有未知——包括死亡——的恐惧。

"锦瑟无端五十弦，一弦一柱思华年。庄生晓梦迷蝴蝶，望帝春心托杜鹃。沧海月明珠有泪，蓝田日暖玉生烟。此情可待成追忆，只是当时已惘然。"你看，一提起读书，立刻就能让人想起许多虽然透着无限忧伤，但同时也让你感觉到无限温暖的句子，以及许许多多让你感动的人物和与他们有关的无限温婉的故事。

书在人的生活中，人生活在书中，书中有别人和自己的生活。

采薇采薇

《史记·伯夷列传》中记载，伯夷藏匿于首阳山中，"采薇而食之。及饿且死，作歌，'其辞曰：登彼西山兮，采其薇矣。以暴易暴兮，不知其非矣。'"伯夷和叔齐作为孤竹国君的两个儿子，在继承君位时互相谦让，先是伯夷，后是叔齐，全都撒丫子跑掉了。伯夷本想到周文王的地盘养老，没想到文王发动战争，讨伐纣王。伯夷、叔齐以为不义、不仁，甚是反感且深以为耻，遂双双跑到首阳山中隐居起来，发誓"不食周粟"，终致饿死山中。

时至今日，我也没有真正耐下心来，认真地读一遍《史记》，虽然鲁迅誉其为"史家之绝唱，无韵之离骚"。因为我读书极慢，估计着，要把《史记》读完，我的胡子就会长出一尺长来了。当然，作为女人，我不可能长出胡子，若真的长出胡子来，大概也就成了珍稀动物了，非得被那些利欲熏心的人关起来，当猴耍不可。那样，我的命运，比起藏羚羊以及非洲大猩猩的命运，也就好不到哪里去。

最初，我是从别人的散文中读到伯夷和叔齐的故事。读那个故事的时候，我一方面以现代思维嘲笑伯夷、叔齐的迂腐和不合时宜，一方面又以历史思维对伯夷、叔齐的节操肃然起敬。你说伯夷、叔齐愚不愚，他们居然螳臂当车地想要阻止周文王东征，难道任由残暴奢靡的商纣王胡作非为而不去推翻他，就是忠？是仁义？难道他们对文王的"劝告"，能挡住历史的车轮？他们的处世哲学，也就只配隐居起来！然而，相比于那些为了登上王位，而不惜弑父杀兄仇弟的忤逆之徒，伯夷和叔齐又高尚得让人流泪。该有怎样的修为，他们才没有在权力面前，由人变成野兽？伯夷和叔齐必须为他们的迂腐和高尚付出代价。除了隐居，还能做出什么样的选择呢？除了死，还有更干净的代价吗？

我在学历史的时候，对于"禅让"，总是不能理解。如果王位只意味着责任和为人民谋福利，那么"禅让"有什么高尚和值得推崇的？如果王位同时意味着权力和威仪，那么许由为什么要拒绝尧对他的"禅让"，而且还要找一个地方去"洗耳"？这个许由，比"禅让"更让人猜不透谜底！那时幼稚，既不懂历史，也不懂政治，更不懂人性，想什么问题都像日出日落那样简单而直接。

如果，在读到伯夷和叔齐的故事时，我不是正对现实世界心灰意冷的话，我也就不会被伯夷和叔齐的故事所感动。

众声喧哗。清浊难辨。鱼龙混杂。涉世不深的我，稚气难脱，刚刚从农村步入城市，又面临人生新的困惑。迷雾重重，我选择躲到书页里，寻一方清静之地，聆听大师们的教诲，旁观他者的人生，在淡泊与宁静中探索人的心灵世界。于是，书籍成了我的世外桃源。

我开始迷上了陶渊明和他的田园诗歌。"狗吠深巷中，鸡鸣桑树颠。"

千年不变的农村风景，杂乱而又宁静，原始而又迷人。我就是闻着狗吠鸡鸣长大的。"采菊东篱下，悠然见南山。"那份恬淡与闲适之情，是我在任何时候都想追求的。"晨兴理荒秽，戴月荷锄归。"那是我老父老母一辈子的生活经历。劳碌。简约。苦与乐，尽在其中。旁观者无从知之。"不戚戚于贫贱，不汲汲于富贵。"那该是一种怎样的人生旷达？我入内自省——我对现实世界所感受到的悲哀，是否更多地来自对个人命运的关注？在"贫贱"与"富贵"面前，我能做到"不戚戚""不汲汲"吗？红尘之中，我能守得住灵魂的安宁吗？"归去来兮，田园将芜胡不归……悦亲戚之情话，乐琴书以消忧……木欣欣以向荣，泉涓涓而始流……"无数次，在陶渊明的诗中，我梦回家乡，梦回田园。梦中，我又成了那个在春风中、在麦田里，挖野菜、捉蝴蝶、戏露珠的小姑娘，我会为一朵花的绽放而惊喜，我会为找到一大堆荠菜而欢欣，我会因为发现一株杏树苗而愉悦。梦中，我又和母亲在雨后的山坡上，寻找一簇簇迅速生长的蘑菇，采摘一朵朵黄艳艳的金针花。梦中，我挽起裤脚，在绿油油的水草中，捧起一只只来不及逃跑的小虾，猜想它们的身体为什么是透明的。在梦中，我闻到一股烧玉米的香味，长我八岁的堂兄，正把一粒粒玉米抛向空中，再准确地用嘴接住它们，一条优美的弧线划过半空……在梦中，一种纯孩童的快乐，占据着我的整个心房。我开始怀念田园的生活，惦记起家乡山坡上大片的野菊花。

　　乡村是回不去的，但是，我可以在文学的田园里重新发现和构筑乡村的形象，在记忆与回望中打磨曾经忍饥挨饿又无忧无虑的童年，让所有的草木、牛羊、矮墙甚至衣服上的补丁，都披上温暖的色彩与诗意的光芒，父母仍是年轻时的模样，已经出嫁的姐妹们端坐在课堂上，已经过世的二奶奶在树下乘凉。

因此，我不与人谈"政"事。回避所谓的"热门话题"。堵上耳朵，不听街谈巷议。如果有别墅，我就会"躲进小楼成一统"了。可惜，我和爱人只有不足三十平方米的"半简单"，连阁楼也不称一间。那时候，特希望能找一个地方，把自己藏起来，与世隔绝，学着古人的模样，来一个隐居。做不成幽兰，做空谷中的一株野草也好。是的，那时候，我常常和爱人谈论隐居问题，谈论现代社会隐居的可能性，谈到梭罗和他的《瓦尔登湖》。最后，得出一个结论：形不可隐，心可隐！于是，我继续漂泊在熙熙攘攘的人流中，做"大隐隐于市"之状。我开始对老子和庄子感兴趣，对"无为"之说感兴趣，对庄子笔下的"鱼"和"蝴蝶"感兴趣，总想让灵魂超然于物外。

那时，爱人喜欢写诗，我偶尔涂鸦散文，大多是"少年不识愁滋味，为赋新词强说愁"。连半只脚都没有迈进文学的大门，却对起笔名一事颇感兴趣。平时老觉得自己身份证上的名字太凡俗，要不是拜父母所赐，我早就把它改掉了，什么"丽"啊"红"啊的，上高中时就与英语老师重名，后来在民政局排队领结婚证竟然也碰到重名的。

最初，我喜欢"梧桐"。因为我曾经迷恋过"梧桐树，三更雨，不道离情正苦。一叶叶，一声声，空阶滴到明"的寂寥。也曾经深感"梧桐更兼细雨，到黄昏，点点滴滴，这次第，怎一个愁字了得"的无奈。然而，爱人说："梧桐半死清霜后，你愿意自己那么脆弱吗？"我被爱人吟出的诗句吓了一大跳，心惊肉跳，我怎么能"清霜"就"半死"

呢，"雪压青松挺且直"的顽强才是我的人生理想。我说："那就把木字边去掉好了，只保留梧桐之音。"爱人又说："有一个作家笔名叫吾同，你愿意和他名字一样？"我和爱人像儿童过家家一样为自己的笔名而费尽心机。现在回想起来，还觉得可笑呢！最后，爱人敲定："你既然那样喜欢陶渊明，就取他诗句中的'采菊'吧！"

可是，当我读到伯夷和叔齐的故事，尤其是那句"采薇而食之"，特别震撼我心，而且我知道《诗经》中有一首诗，题目就叫《采薇》，"采薇采薇，薇亦作止……"。采薇，很符合我童年的生活经历，也比"采菊"更符合我当时的心情，要知道，"薇"为可食之物，"菊"则宜赏，一向生活拮据的我，食是第一位的，况且，孔子谓伯夷、叔齐为"古之贤人也"，见贤自当思齐。于是，在我寄出的稿件中，在署名处，我偷梁换柱地把"采菊"写成了"采薇"。令我惊讶的是，爱人并不知道我著文投稿一事，稿子在报纸上刊登出来，他居然斩钉截铁地说，"采薇"就是我。知我者，爱人也！

从三十年前第一次在企业小报上发表豆腐块儿文章，到去年把自己的散文结集成书，磕磕绊绊，曲曲折折，酸甜苦辣，"采薇"二字早已融入我的生命。大多数文友都不知道我的本名，皆呼"采薇"，于是，有新认识的朋友误以为我姓采，脆生生地叫我"采老师"，也算趣事一桩，偶可引为笑谈。

疼痛的驻扎

　　虽然已经过去了若干年，我依然清晰地记得，那天，课间时，我被一群可爱的孩子围在讲台前，大家七嘴八舌地说着一些与学习无关、与生活相关的话题。这比较符合我的性格，我觉得在课间与孩子们聊一聊生活中的话题更能拉近师生之间的距离，创造出平等、和谐、融洽、轻松的集体氛围，毕竟，每个人都是食人间烟火的。孩子们你问这他问那，好几张嘴同时问出好几个问题，搞得我一时之间不知接谁的话茬好呢。突然，一个同学带着很讶异的语气大声说："老师，你身上特别香。"

　　这句话马上吸引了我的注意力。香吗？特别香吗？不可能吧？由于经济上的拮据，我可从未有过往身上洒香水的经验，对于那些四体不勤、五谷不分的所谓淑女把自己弄得逆风都能让人闻到刺鼻之香气的行为，我常常不知是羡慕还是嫉妒，抑或有些讨厌。于是，我赶紧对那位同学说："可能是洗发香波的味道吧，我昨晚刚刚洗过头发。"那位同学很认真地嗅了嗅我的长发，然后十分坚定地回答我说："不是洗发水味儿。比洗发水的香味儿好闻。很特别，好像是从你的衣服上传出来的。"

这就让我莫名其妙了。与先生结婚的时候，我坚持要买一只樟木箱子，就是因为喜欢樟木的味道，它浓郁的香气足以把放在箱子里的衣物浸染上迷人的气息，这气息是另外一个物种用生命加工出来的，天然而成，非工业制造，我喜欢。但是，那只箱子已经好久不用了，几次搬家之后，它已经被冷落到墙角，少有问津，除了收纳一些换季的衣服之外，经常换洗的衣服是不往里面放的。而我又不是传说中的香妃，学生那么肯定地从我衣服上传出的香气缘何而来呢？人们常说的女人如花，一定不是在"生香"这个意义上进行类比的，应该是就"传神"而言，我以为。

回到办公室，继续备课，读书，专注地思考某些问题。忽然，一阵钻心的痛痒持续地袭击我的背部，令我幡然醒悟，原来那位同学所说的来自我衣服上的香气是药香，准确地说，是云南白药气雾剂，喷在后背上用来止痛的。我只功利性地、片面地追求它消解疼痛的效果，完全忽略了它奇特的香气在我身上的留存。是否那香气也是药物精华与美的一部分，既来自植物天然的加工，也来自药物制造者的匠心独运？而它，竟被我毫无意识地忽略掉了。这个世界中，究竟有多少美被人深度挖掘，又有多少美在忙忙碌碌、行色匆匆、实用至上的人们那里遭遇到被忽略和漠视的噩运呢？当然，这一点儿也不妨碍美本身作为客体的恒定的存在。

我不知道疼痛从什么时候开始、以怎样的方式悄无声息地爬上我的后背，像最狡猾的猎手一样潜伏下来，然后在 2007 年 5 月的某一个清晨，以强大的攻势，对我发动突然袭击，十分凌厉地，毫不手软地，一下子就把我从恬淡而美好的梦境中驱赶出来。毫无防备的我十分愕然地睁大眼睛，用一种陌生的目光打量身边熟悉的一切，企图弄清不速之客的来历，它是从哪一扇没有关好的窗钻入，借着哪一阵清风的力量渗透到我的肌肤里，然后像一个殖民者那样肆意地扩张领土，以强者的身份压迫并奴役原住民……

起来活动活动筋骨，疼痛渐渐消退。白天的生活和工作如常进行。但是，第二天，以及之后相当长一段时间，我总是在清晨被尖锐的疼痛从梦中揪起，情形愈演愈烈。我很悲观无奈地走入医院的大门，挂号，排队，向医生陈述病症、病史。我担心自己得了什么绝症，医生的结论却如此轻描淡写：无菌性棘上韧带炎。医生的建议是：服用止痛片；用毛巾热敷；向后背直接喷洒云南白药气雾剂之类的止痛药品；按摩加理疗；注意休息，适当运动；等等。

此前，我从未设想过自己会在哪一天"顽强地与疾病做斗争"，总是天真地以为那是奥斯特洛夫斯基、鲁迅、张海迪等各色英雄人物的伟业，而今，不期然地，我也以一个小人物的身份享有了这份儿"光荣"，不胜惶恐！忧郁、胆怯之后，我冷静地想了想，无论我是否选择坚强，疼痛都不会主动同情我、放过我，必须由我掌控局面，学会与它和解。

七年时光寂寂流淌，我学会了与疼痛和平共处：一方面疼痛不再以剧烈的方式肆虐地蹂躏我的肌体，它只是"断续寒砧断续风"一样以一种我刚好可以承受的力度撞击我；另一方面，我以妥协的态度承认"殖民者"在我身体里的领地，因为我清楚地知道疼痛像真菌一样难以根除，只要我还必须坚持伏案工作。

然而，和另一种疼痛比较起来，我后背的疼痛又算得了什么呢？2013年春节前后，眼看着母亲在多重病痛的折磨中生命的气息越来越弱，而我却无能为力，我只能在泪眼蒙眬中听她一遍又一遍地向她老天爷呼唤："老天爷啊，快把我接到你那里去吧。"我在不知所措中妄自揣测着她内心的纠结与最后的留恋。疾病像个不断缩小的笼子一样越来越紧地束缚住她的身体，使她再也没有了闪、转、腾、挪的空间，而她的头脑却与她的健康不成比例地保持着绝对的清醒，她唯有放弃因为严重积水而变得越来越沉重的肉身，才能从那越来越小的笼子里突围出来。谁能告诉我，这种每一个人最终皆需完成的突围和蛹之化蝶是否具有相同的本质？为了打一场漂亮的突围战，我们需要做出怎样的努力与牺牲？

一种疼痛，只要穿越过你的肉体或灵魂，它便会像植物的种子一样落地生根，无论你怎样费力地想要剪除它，最终你会发现它自始至终牢牢地抓住你，就像爬山虎以其细密的藤蔓牢牢地抓住墙壁为自己赢得生存空间一样，其结果是墙体被遮蔽了，而爬山虎却长成一道亮丽的风景，在夏日的阳光下格外翠绿，在瑟瑟的秋风中格外鲜红。

如今，疼痛的驻扎已经成为一种提醒，让我牢牢地把握一些观念，比如生命，比如亲情，比如珍惜……

夕阳里的麦田

金秋十月，北方的草原。远处是连绵起伏的山岗，给大地画出柔美的曲线，仿佛唱着一首悠扬的歌；更远处是常年白头的雪山，因为前天的一场大雪，有了更加冷峻的表情；而天空，毫无疑问，是蓝色的，但是，没有一朵白云，可能白云飘得有些疲倦，或者出于顽皮，想休息一下，让天空显得更加澄澈一些，同时也更加单调一些，说不定有人喜欢单调的美呢！或者偶尔喜欢一下单调的美也是好的。虽然，闲看云卷云舒是一种淡然、超脱，但是，一碧如洗的天空会让人心更加平静，进而变得豁达、开朗，说不定还能激发出雄鹰之志呢，毕竟，人心总是存着一股向上的力量，所以，我们才有理由相信未来会更加美好。

难得的国庆长假。下午，带着儿子，陪着爱人，一起去锡林郭勒的一个农场拍白枕鹤，在那里见到一片绿油油的麦田，相国于周边金色的牧场以及秋收后裸露出来的黑土地，这片麦田的颜色格外清新。置身于空阔的麦田之中，向远处瞭望，向天空瞭望，不由自主地联想到宇之浩渺、宙之亘古，特别深切地感受到自己是这浩渺与亘古中一粒极小极小的微尘，但是，无论多么小，小到无限小，我都是宇宙能量的一部分，为自己拥有生命而自豪和快乐，为能够见证宇之浩渺与宙之亘古而喝彩。多么美妙的感觉！所有的焦虑，所有的压抑在瞬间消失，仿佛变身为在大地上自由流动的风，无拘无束，无影无形，甚至于无死亦无生。

拍鸟人追着鸟的踪影走出很远很远的距离，余下我和儿子两个人在空阔的麦田里散步。这是我喜欢的方式，我习惯于在他拍鸟的时候，在离他不算很远的地方散步，观赏身边的花草，均匀地深呼吸，让每一个肺泡都充满花草的香气，同时惬意地找寻花草间的各种虫子，看它们舞蹈，听它们唱歌，欣赏它们轻轻地跳跃或者缓慢地爬行，迷恋它们身上的色彩与花纹，感叹造物的丰富与精致。

于是，我低头看脚下的麦田。麦是燕麦，不是小麦。就地里麦苗儿的长势来看，仿佛燕麦不是一年生而是多年生的草本植物，像韭菜一样割了一茬又会长出新的一茬。收割后的麦秆儿还大捆大捆地堆在地里，等待运走，青青的新苗已经长有半尺多高，个别的还吐出绿色的麦穗儿，在风中不停地摇摆。想来这些麦苗应该是收割时掉落到地上的麦粒儿长出来的，但是，长得如此密实，这地上该是掉了多少麦粒啊，难怪鸟儿迁徙的季节，会有大批的雁、鹤、天鹅等在麦田里觅食，补充能量，准备更高更远的飞行。

我在麦地里低头寻找，想要找个蚂蚱、甲虫什么的玩玩，结果只发现一只与土地颜色十分接近的蚂蚱，一只甲虫也没有找到，但是，抬脚处总有小小的东西像灰尘一样飞起，我低头仔细地观察了一下，原来是成群的小叶蝉，体长也不过一毫米略余，体色在灰与浅黄之间，看起来，它们的生命力挺顽强，在别的虫子都销声匿迹之后，尤其是在草原已经飘过第一场雪之后，它们的弹跳力还是那么好，活跃度还是那么高，这不禁让我惊诧。

阳光照射到大地上的角度越来越低，把我的影子拉得越来越长，一转身的刹那，我被地上的影子迷住，短暂的愣神儿之后，记忆的闸门开启，把我推回到少年时光。少年时期，几乎所有的傍晚，我都是在野外度过，挑野菜，割青草，拾柴火等，每每于地上看到自己长长的影子都会想：我要是能长这么高该多好啊！那时候，常常懊恼于我所见到的人类的高度，总是遐想着要是每个人都长成神话传说里的巨人该多好，力大无穷，一步就跨越山河，不再为行路的艰难发愁，不再为肩上沉重的负担发愁，站在高高的山顶，看夕阳是怎样一寸一寸地落下，黑暗是怎样一点一点地覆盖了我的村庄……

少年时的懵懂，让我对未来的人生充满各种各样的期许，但是，终归无法预见未来。因为无人引领，也不懂得规划人生，一切都不过是顺其自然，随遇而安，日复一日、年复一年地过着几乎重样的生活，不知道人生还有多种可能性。用现代最流行的一句话说：贫穷限制了你的想象。

我正沉浸在回忆中，身后儿子的一声呼唤把我拉回到眼前的现实，在我 180 度转身回应儿子的呼唤时，很突然地与夕阳打了一个照面儿，赫然发现眼前的景色简直太美，既有诗情又有画意，赶紧从口袋里掏出手机，记录下被美包装的一刻。在这一刻，我的心澄明如天空一望无际的蓝，我的生命如脚下青青的麦田，温暖来自内心的太阳，它和此时天空的太阳一样明亮、耀眼！

为什么总是在最悠闲的时光里看到人生的美好？难道是因为在最悠闲的时光里，人的内心平静如镜，从而更容易照见真，感受到善，敏锐地觉察着美的悄然？曾经，卢梭的《漫步遐想录》是我最爱读的一本书，每次打开书页，透过其中的文字，我都能感觉到自己正与卢梭一起，从家里出发，去湖边散步，一个人，在身体悠闲的时光里，思绪如潮水一般汹涌，闪耀出如天启一般的灵性之光，让一些重大的哲学命题不断地得到推演……

在无时无刻不面临巨大的生存竞争的社会环境里，悠闲已经越来越成为奢侈品，即使是在国庆假期里，仍然有很多人在忙碌着，可能是出于社会需要，也可能是被生活所迫，还有可能出于别的什么原因。这样一想，我就觉得自己此刻是幸福的！

在我即将落笔时，忽然觉得，如果文章的题目拟作"在夏天遥想一场大雪"，可能更诗意，对读者更有吸引力。但是，我必须把题目拟作"在夏天回想一场大雪"。

这是因为，回想与遥想，在词意上有很大的差别。

回想，就是沿着时间的脉络，回忆过去实实在在发生过的事儿；而遥想，有两个释义：其一是悠远地思索或想象；其二是回想（比较遥远的过去发生的事儿）。

东坡《念奴娇·赤壁怀古》有云："遥想公瑾当年，小乔初嫁了，雄姿英发。"此"遥想"即应是回想的意思。而晋代陶渊明《游斜川》自序云："辛丑正月五日，天气澄和，风物闲美，与二三邻曲，同游斜川……若夫曾城，傍无依接，独秀中皋，遥想灵山，有爱嘉名……"此"遥想"即应该是"悠远地思索或想象"。

当"遥想"作"悠远地思索或想象"解时，它便完完全全地是人的主观能动性的发挥，而遥想的对象，可实可虚，可宇可宙，可以是过去，也可以是未来。庄子的《逍遥游》便是极好的典范与例证。

因此，如果我把文章的题目拟为"在夏天遥想一场大雪"，那么，那场大雪可以是实际发生过的，也可以是将来可能发生的，或者是根本就不会发生，只存在于某人的想象之中，是一场十分抽象的大雪，一场仅仅作为诗意而发生的雪。

作为"实际发生过的雪"，它可以是落在蔡州的雪，因为李愬的军事奇才，而得以在历史上被铭记；也可以是落在谢家庭院里的雪，一句"未若柳絮因风起"，让谢道韫才气尽显，流芳千古；更可以干脆就是去年冬天，让你滑了一跤，差点儿崴伤脚的雪。

作为"遥想"的对象，一场大雪可以发生在《水浒传》中，让林冲冒着风雪连夜投奔梁山；一场大雪也可以发生在《红楼梦》里，让那个因写诗"落了第"的贾宝玉去做他特别喜欢做的事：访妙玉，乞红梅；当然，一场又一场大雪之后，北国风光，长城内外，便是"山舞银蛇，原驰蜡象"的壮观景象。

作为遥想的大雪，它可能飘落在赤道附近，成为奇迹；它可能发生在千年之后，成为传说；它可能落在纸上，成为一幅画；也可能落在笔下，成为一首诗。

…………

还说什么呢？在上面罗列的所有雪中，只有那场"让你滑了一跤，差点儿崴伤脚的雪"，在今天，以文字和影像的形式，再一次呈现在我的眼前，并引发我写下这样一篇文章，所以，无论多么老土，文章的题目必须拟为"在夏天回想一场大雪"。"回想"是一种框定，所有的回想，都必须、必然是以真实的发生为基础和依据。

准确地说，那场雪不是发生在去年冬天，而是发生在今年立春之后半个多月，应该算是一场春雪才对。那场姗姗来迟的雪，下得很大，下得很广，从山东到山西，从河北到东北，很多人都在描述那场大雪，以诗，以散文，以当今特别流行的"段子"。我亦因为热爱那场大雪，不仅做了一个长长的美篇，而且也写了一篇题为《雪之韵》的散文。

回想起这场大雪，实属偶然。自从有了"美篇"之后，因为它的方便快捷，我总喜欢把它当日记本来用，想到的文字、拍下的照片、有趣的手机截图等，全部一股脑儿地"打包"存放在美篇中，在我需要它们的时候，通过手机，随时随地都可以查阅、调取、使用。今天，为了查阅一个资料，在"我的美篇"中翻箱倒柜时，无意中翻到那个关于雪的美篇，里面的照片和文字，尤其是我当时用手机自拍的照片，都让我仿佛重新置身在雪的世界里。而在回忆的过程中，虽然在时间上只过去半年，在心理上却莫名其妙地有隔世之感。

那个美篇里，有很多手机截图，记录着很多人当时的语言和情感，我不知道这些人会在怎样的情形下回忆起那场雪，更无从知道他们回忆起那场雪时，会有怎样的心理感受，忍不住冲动，我再一次在朋友圈中转发了我的美篇，并附言："在夏天回忆一场雪，像不像一个人，怀念他的前生？前生，他是个大富翁，坐拥白银之城，遐想春天。而春天，正被一场雪悄悄覆盖着。"

夏天里的故事

  每年夏天，母亲都有一项重要的活计，就是打袼褙（gē bei）。母亲打袼褙的时候，我喜欢在一边观看，并不时地帮母亲递个布条、抹下糨糊什么的，哪怕只是帮上一点小忙，我心里都觉得特别惬意，仿佛自己是一个很能干的人。

  先是母亲往盆子里舀了小半盆玉米面，一边用水调和，一边吩咐我去抱柴火烧火，我心里十分纳闷，怎么刚刚吃过早饭母亲就又要做饭呢，以前从来没有过的事儿。母亲笑着说，不是做饭，是打糨糊。打糨糊？一个多么新鲜的名词！打糨糊干什么呢？母亲笑着说，打袼褙啊。我禁不住好奇，继续发问，打袼褙干什么啊？做鞋底子啊。母亲耐心地回答我一个又一个问题。那时候，母亲的脾气可真好，总是微笑着对我说话，以至于我对母亲有一种深深的依恋之情，两个姐姐一个哥哥一个弟弟，他们各自去了哪里？似乎只有我总喜欢粘在母亲身边，看她有条不紊地干这干那，像一条鱼在时间的溪水里自由地穿梭。

  吃过午饭，家里其他成员又分散开，各自忙活自己的事情去了，母亲把饭桌收拾干净，重新放到炕上，再从柜子里掏出一大包碎布片，都是穿破之后无法再缝补的旧衣服拆成的，放在桌子旁边，然后端过那盆已经放凉了的糨糊，舀了半勺，直接倒在桌子上，然后，用手把糨糊均匀地涂抹在桌面上。我在旁边静静地观察母亲有条不紊地做这一系列动作，有些惊讶，更多的是好奇，竟忘了询问母亲想要干什么，一味地耐着性子看。

母亲从一堆碎布片中挑出最大的一块，在桌面上展平、粘住，又挑出一大块，在桌面上展平、粘住，两块旧布片刚好把整个桌面盖住。母亲又舀了半勺糨糊，倒在第一层布上，均匀地涂抹开来，然后，在那一堆碎布片中大致选了选，一块挨着一块地粘在第一层布上，中间有不合缝的，都用剪刀修剪得严丝合缝。再舀半勺糨糊，均匀地涂抹在第二层布上，接着重复前边的动作。如是再三，差不多在桌面上一共粘了有四五层碎布。最后，母亲把已经黏合在一起的碎布从桌面上揭下来，双手拎着，粘贴在房子南面的外墙上。

原来这样就叫打袼褙。我仔细地"观赏"母亲做的每一个动作，心里有恍然大悟之感。等母亲打第二张袼褙的时候，我就知道怎样辅助母亲工作了，一会儿帮母亲舀糨糊，一会儿帮母亲挑选合适的碎布，或者提前把碎布修剪好，递给母亲。也曾尝试学着母亲的样子，用手去涂抹糨糊，用手把一块块碎布严丝合缝地粘在一起，但是，手上粘了糨糊之后那种黏糊糊的感觉让我很不舒服。从此之后，我喜欢一切干爽的东西，讨厌甚至畏惧黏黏糊糊的感觉，以至于在过了青春期之后，在女性化妆大行其道的年代里，有相当长的一段时期，我仍然不喜欢在脸上一层又一层地涂抹化学用品。

如果赶上天气好，只需两三天，粘在墙上的袼褙就晾干了，母亲小心翼翼地把它们一张一张地从墙上揭下来，在边缘处穿上一条线，系个扣，把它们挂在屋内的墙上。我试着用手摸了摸，好硬啊，像硬纸板儿一样，心里就觉得很神奇，原来软软的布片，经过简单的处理，居然可以变成板板正正的东西，仿佛一个坐没坐相站没站相的孩子被收拾得规规矩矩，俯首帖耳。

转天，农闲，部分社员可以不参加生产队的集体劳动，守在家里的母亲就会从一本厚厚的书中找出一张鞋底样，照样在袼褙上画出一个又一个图形，一阵"沙沙沙——"的声响之后，八片鞋底片就圆圆满满地被裁了下来，我惊讶于母亲下剪子时的稳与准，没有半点儿偏离。

剪完鞋底片之后，母亲又从柜子里拿出一块白花旗布，斜着剪成约1.5厘米宽的长布条，在剪好的布条上涂抹用小麦面打成的糨糊（这回不能用玉米面打糨糊了），然后，用这个布条把鞋底片的边缘细心地包裹起来。每个鞋底片都裹好之后，再用白面糨糊把其中的四片一层一层地粘在一起，另四片也一层一层地粘在一起。这样粘好之后，找出麻绳，穿好针，先用纳鞋底的锥子在粘好的鞋底上扎一个眼，再把麻绳从这个眼儿里穿过去，用力勒紧，如是反复操作，沿鞋底板的边缘用麻绳圈上一圈，为的是把四层鞋底片牢牢地固定在一起。

上面的工序都完成之后，就开始纳鞋底了。纳鞋底是一个既费时又费力的工作，针脚的疏与密，勒得是不是紧致，直接关系到鞋底的耐磨程度，也就直接关系到一双鞋与一双脚保持亲密关系的时间长短。好在这个工序不需要一气呵成，有闲空就纳两行，再有闲空再纳两行，慢慢完成就行了，少则三天，多则月余，一双鞋底才能纳完。因此，夏天的季节里，中午时间在街上大树底下乘凉，总有妇女们三五成群地聚在一起，一边纳着鞋底，一边家长里短地闲聊，偶尔也会有几个路过的老爷儿们停下脚步，搭上几句话再走。孩子们的身影自然也不会少，有的趴在母亲背上，有的围着母亲转圈圈，那些尚在哺乳期的孩子，会时不时地撩开母亲的衣襟……

此时，生活呈现出平淡而快乐的本质，没有人感叹时光过得太快，没有人抱怨生活无聊，也没有人叫苦叫累，更没有人奢望生活会是另外一种样子。只是，当她们把目光投射在我身上的时候，常常会说一句：丫头将来肯定是国家的人。这让我的内心既生出几分甜蜜，又平添几许惶惶不安。我不知道要通过怎样的努力，才能在遥远的将来，把她们此时说出的话变为现实；更生怕因为自己不够聪明、不够努力，让她们带着深厚祝福与殷切期望的话，最后成为一句空话，像夏天里的一阵微风，吹过之后，不留半点儿痕迹。我将羞赧的目光悄悄转向母亲，看到水波一样微微荡漾的笑意挂在母亲的脸上，我猜是因为天热的缘故，母亲面色十分红润，于是，我操起母亲身旁的蒲扇，呼呼地将凉风推送过去……

我所描述的，已经是四十多年前的夏天了，那时我还是一名不谙世事的小学生，我的母亲正年轻，她在一天天的劳碌中，憧憬着儿女们长大以后都能过上幸福生活。时光荏苒，不断地带来又带去，不管是苦难还是幸福，是希望还是失望，它都一视同仁。眼下，我的母亲在阴冷的地下独自空守了八年之后，今年正月初六，我那享年 90 岁的慈祥的老父亲也与世长辞，陪着她一起长眠于地下，他们生前的恩爱，将在一个我们不知其有无的世界里，天长地久、地老天荒、海枯石烂地延续下去吧！因为他们的恩爱，我才拥有一个幸福的童年，仿佛一粒种子，在生根发芽的重要时期，遇到合适的土壤。

自母亲去后，每每想起她，脑海中都是她人生最后一年，在病痛中受尽煎熬的样子，她用哀绝的眼神望着我，或者干脆低下头故意不看我，让我忍不住泪流满面。一次又一次锥心的疼痛之后，我下决心只回忆她年轻美丽、健康能干时的音容与举止，借此，也让鬓发斑白的我回到童年时的天真烂漫，回到灵魂清澈见底的时刻。彼时，时光像慢吞吞吃草的老牛一样，让人感到悠闲，不必担心它"嗖——"的一下就没了踪影，把孤儿一般无助的我，丢在寂寞与荒凉之中，惊慌失措地前后张望。

夏天是旋覆花的季节，也是鸭跖草的季节，虽然它们都喜欢生长在潮湿之地，但是，一个热烈喜阳，一个鲜冷耐阴，让人们对夏天产生不同的感觉，仿佛一个人有着两种脾气禀性，却都有各自的好，圆润又通达，丰富又和谐。

如果我和小朋友们一起去河边割草，就能看到大片大片的旋覆花，开着金黄色的花朵，像一个又一个小太阳，把整个夏天都烘托得更加热烈，蝴蝶因此而翩翩起舞，蜻蜓为此而矫健翔空，早已爬上枝头的蝉更是"知了，知了"地喧嚣不停。李时珍《本草纲目·草四·旋覆花》记载："花状如金钱菊。水泽边生者，花小瓣单；人家栽者，花大蕊簇，盖壤瘠使然。"北宋政和六年（公元 1116 年）由寇宗奭编著的《本草衍义》记载旋覆花："其香过如菊，行痰水，去头目风。其味甘苦辛，亦走散之药也。"可见，小小的旋覆花在历史的深处已经闪耀出光芒，年复一年地婆娑在人们的视野中。

如果我沿着纵横于广阔稻田间的细瘦的水渠行走，就会看到茁壮生长的各种野草，把水渠装点得生机盎然，刚刚从地下抽上来的清澈的井水从杂草间穿过，欢快地奔向田野，仿佛这些水知道自己承担着某种神圣的使命并乐于牺牲自己、甘于奉献。浓浓的绿色之间，散布着星星点点的蓝色，是鸭跖草小巧的花朵，因为蓝色花相对比较稀少，每次看到鸭跖草的花，我都禁不住要停下脚步，仔细地打量一番。它生得实在别致，两个蓝色的花瓣像竖起的两只耳朵，一左一右对称着向上展开，一个白色半透明的小花瓣，在两个蓝色花瓣中间的对称轴上不偏不倚地向下展开，六个雄蕊三长三短，长的向斜下方延伸，短的向斜上方展开，中规中矩，绝不凌乱。整朵花看起来仿佛被精雕细刻出来的。绿色、蓝色都是冷色调，再加上渠水的清冽，行走在水渠边上自然有一种清爽之感，只是必须当心脚下的路况，一不小心就可能从窄窄的田埂上滑到汪着浅水的稻田里，弄得一脚泥可不是好玩儿的。

那时，父亲是生产队的水稻技术员，从水稻育苗到水稻收割，都是父亲做技术指导，哪块田该浇水，哪块田该施肥，哪块田该除草，都在父亲的眼里心里存着，浇水的任务直接由父亲完成，施肥、除草则由其他社员共同完成。因此，整个夏天，父亲的脚步要一次又一次地把生产队的几百亩稻田来来回回地丈量许多遍。无法猜想，父亲一个人踏着清晨的露珠或顶着头上的烈日，独自行走在稻田间，心里会想些什么，是恋着他勤劳的妻子，还是想着他正在成长的儿女？或者作为一名老党员和生产队队长，时刻关心着国家的大政方针？有一点我敢肯定，一天之中，他必定会若干次停下脚步，坐在干净的地方，卷上一根旱烟，慢慢地抽上几口，在短暂的悠闲中解去积攒的疲劳。

父亲总是天刚麻麻亮就已经行走在稻田的田埂上，脚上一双水靴，肩上一把铁锹，看看这块稻田的水浇足了，堵上渠口；再看看那一块稻田的水蒸发完了，就打开渠口，让清冽冽的井水灌溉着绿油油的秧苗。等我一觉睡到自然醒，差不多已是日上三竿了，洗过脸之后，母亲会吩咐我说："上稻田，找你爸回来吃饭。"于是，我就心情愉悦地向着生产队的稻田出发。因为稻田在村东头，所以，我是迎着朝阳行进的，稍一抬头，就能看见刚刚升起不久的火红的太阳。

哪里找得到父亲啊，我不过是走到村头，在离家最近的一块稻田边徜徉，一边拨弄草尖上闪着白光的露珠，一边欣赏各种各样的野花野草，偶尔会被稻田里噼里啪啦甩着尾巴的鲫鱼吸引住目光，或者看着青蛙鼓起腮帮子"咕呱，咕呱"地叫……在我玩得兴趣盎然的时候，父亲扛着铁锹，自稻田深处稳稳当当地向我走来，我赶紧迎上去，拉着父亲的手说："我妈让我来叫你回家吃饭。"父亲多半会笑眯眯地看着我说："这就回。你先回去吧。"然后，走向水渠，清洗粘在靴底、靴帮上的泥。得了命令的我，马上屁颠儿屁颠儿地往家里赶，见到母亲就迫不及待地大声说："我爸这就回来了。"过不多会儿，父亲就出现在院门口，把铁锹靠在墙上，径直走向堂屋，拿起脸盆，从缸里舀水洗脸。

我喜欢看父亲洗脸，看他宽阔的手掌在脸上从下到上、再从上到下来来回回地搓，同时嘴里发出"噗""噗"的声音，等他洗得差不多了，我就会把毛巾递到他手上。经过清水的润泽，父亲的额头更加光亮迷人。

记忆中，夏季里的某一天，父亲从稻田地回来，兴高采烈地对母亲说，稻田中的水渠里长出一棵荷花，刚有一片小小的叶子。听到话音的我立即追问："为啥不挖到家里来？"要知道，我是多么渴望自家的院子里有一株荷花啊！母亲说，栽不活的，荷花需要在泥里生长。我虽然没有亲眼见到父亲说的"荷花"，但是，我的心里从此有了荷花的生长，后来在中学语文课本里先后读到朱自清的《荷塘月色》以及周敦颐的《爱莲说》，荷花就在我的心里变得茂盛起来，常常遐想自己是某片荷塘中与众多荷花比肩而立的一朵，"袅娜地开着"。

今年正月初六，享年90岁的老父亲无疾而终，他去得那么突然，完全出乎我的意料，以至于在后来的一段儿时光中，我常常觉得心里突然空出一大块儿，加之更年期的缘故，体力和脑力一下子大不如前。有心写一些纪念性的文字，都不知从何处下笔。那日，忽然想起童年时的一些旧事，一些发生在夏天里的故事，于是，在敲打文字的过程中，父亲的音容变得鲜活起来。

如果可以借植物作比的话，我觉得母亲的性格就像旋覆花，热烈而芬芳，父亲的性格就像鸭跖草，在勃勃生机中闪烁着点点蓝色的光。

进入六月以后，教室外面的大柳树上，蝉鸣不已，单调而高亢的歌声，硬生生地把炙热的暑气抛洒得无边无际。坐在教室中间第一排的我，常常隔着门框，再透过低垂的柳枝间的缝隙，远远地向对面张望。

那时，我们村小学有两排房子，一排在北边，另一排在南边。虽然两排房子的窗户都朝向南面，但是，北边那排房子的门朝南开，南边这排房子的门朝北开，这样一来，两排房子就仿佛面对面了，中间是宽阔的操场。

小学不大，共有七个年级七个班。其实，准确地说，应该是小学有五个年级，每年级有一个班，每个班有三十几名学生；中学有两个年级，每个年级有一个班，每个班有二十几名学生。按理，小学五年级毕业之后，就应该去公社的中学读书，但是，据说，公社的初中校园太小，容量有限，全公社十个村的初中生，如果都集中到那里读书，恐怕搁不下，于是，像我们这样人口比较多、学生比较多的村，被要求自己办初中，但因为是小学校园，所以，就不叫初中一年级、初中二年级，而是干脆叫六年级和七年级。我哥哥就是在本村小学读到七年级以后，考试合格，才被录取到公社高中上学的，而我，也是在本村小学念完六年级之后，才被集中到公社新建的初中校园里，开始读初中二年级。想起来，这已经是非常遥远的往事了，当年和我坐在同一个教室里听同一位教师讲课的人，很多都没有读到初中毕业，像我这样幸运地考上大学、走进城市生活的，寥寥无几。我那些最终留在农村的伙伴们，在我大学还没毕业的时候，就已经结婚生子了，算起来，他们中间的一些人，可能孙子、孙女都快要上小学了吧？而我，由于某种机缘，居然在55岁这个年纪，回想起自己上小学时的某些情景。

我之所以会隔着门框，透过教室外面低垂的柳枝间的缝隙，远远地向对面张望，是因为下午第一节课的上课铃声已经响过，斜对面，老师办公室的门前依然直挺挺地站立着十几名男生，树桩一样杵在那里一动不动。起初我不知道是什么原因，向身边的同学们询问后才得知，那十几名男生中午时间又去河里洗澡了。我很纳闷，老师们中午都好好地待在自己家中，怎么就知道这十几名男生去河里洗澡的呢？是长了千里眼，还是有人告密？

记得我上小学的时候，每次放学，学生们和老师们都要在操场集合，按班级排队站好，负责整队的老师喊过"稍息""立正"之后，询问校长是否有话要讲，待校长说不讲话或讲完话之后，负责整队的老师方才指挥学生一队一队地按顺序离开校园。在走出校园大门之前，队伍不许乱，学生们不能随意说笑、打闹，走出校门之后，方可解散，各自回家。那时，校长讲话的内容大致有如下几类：一是宣布上级指示必须完成的任务，比如消灭苍蝇、老鼠数量若干；二是宣布下午或明天去生产队劳动，割麦、拔草、灭虫等；三是表扬拾金不昧或做了其他好事的同学，号召大家向他们学习；四是叮嘱学生们注意安全，比如不许爬树，不许溜冰等，嘱咐得最多的，还是夏天时不许去河里洗澡，并举例说某某村的某某同学，因为去河里洗澡不慎溺水而亡，给自己也给家庭造成无法挽回的损失……

有同学悄悄地告诉我说，对付那些偷偷地去河里洗澡的人，老师们都有绝招，只要在某个同学的大腿上，用指甲轻轻地划一下，凡是能划出一道白印儿的，那必定是去河里洗澡了，必须予以惩戒，以儆效尤。惩戒的方式之一就是在老师办公室门口站着，面壁思过；惩戒的方式之二就是写检查，然后放学的时候当着全体同学的面自己读一遍，并做出保证，不再犯同类错误；惩戒的方式之三就是直接体罚，或打手板儿，或干脆踹上两脚，这种惩戒方式的理论基础是"打疼了就记住了"。但是，某些同学对"疼痛"的记忆往往只有很短的时间，今天打了，明天照样会犯相同的错误，所以，"猫抓老鼠"的游戏，天天都要上演一遍。

要说到水性好，我哥哥可是公认的"浪里白条"。在我们村的东头有一口井，井口直径约 10 米，水深约 3 米，村民们称其为"大口井"，主要担负着灌溉良田的重任，不为解决村民们的饮水之需。每年夏天，"大口井"成为众多人的乐园，天气晴好的中午，很多高年级的男生会去井里游泳消暑，在井边玩耍的小朋友们或洗衣妇们，成为痴迷地看客。我就常常趴在不高的井沿儿上，用羡慕和不解的目光盯着他们在井里游来游去，像鱼儿一样自由，直立、仰泳、蛙泳、自由泳，看得我眼花缭乱，心里想：他们是怎么做到的呢？

最精彩的时候，那些游泳的男生们会互相比赛，其中一个重要的比赛项目就是看谁能一个猛子扎到水底，以用手抓到井底的细石为证。有些男生一次也触不到井底；有些男生偶尔能抓到井底的细石；我哥哥每次扎猛子都能收获看客们最诚挚的赞语，小伙伴儿们个个心服口服。偏有一位好事的成年人不服，看到眼热处，自己也脱了衣服参加孩子们的比赛活动，却一次也没有成功，最后他干脆在手里抱了一块大石头，以期能触到井底，结果还是灰溜溜地两手空空。这件事，后来被哥哥的小伙伴们记了大半辈子，直到我今年春节回老家，还有人在我面前津津有味地提起。

哥哥的小伙伴儿们总是不吝以崇敬的眼神看他，讲起小时候的故事，他们最津津乐道的，还是哥哥救人的"英雄事迹"。想当年，他们几个男孩子一起在河边的一个空场上玩篮球，在激烈的争夺中，篮球被意外地抛到了河里。前两天刚下过大雨，河水还很深，就在大家愣神的当儿，一个比我哥哥高出一头的体格健壮的男生，三下五除二就扑到了河里，但是，他的手还没碰到篮球，人已经在水里没了踪影——原来那个鲁莽的家伙根本不会游泳。小伙伴儿们吓得大呼小叫，乱作一团，正无计可施，只见一个人影扑通一声跳进河里，倏忽之间，就像变魔术一般，从水底拎出那个被河水呛晕了的男生。从此，留下一段美谈。

与被哥哥救起的落水者相比，另一位落水的男生就没有那么幸运了。差不多二十年前，我在暑假回老家时，听母亲讲，村里一户人家的男孩儿，在参加完高考之后，约邻居几个小孩儿一起去村东的河里洗澡，刚到河边，脚下一滑，人就沉入深深的水底，再没露头。吓得几个小孩儿赶紧跑回村子向大人报信儿，待热心的村民们把那位落水的男生捞起时，他已经没有一丝生命体征了。那位男生落水的地方我知道，在我小的时候，每每于那片水域经过，心里都怀着忐忑与不安。母亲说，那片水域是泥底，那位男生一滑下去就脸朝下，被水底深深的淤泥死死地黏住，根本动弹不得。在我有生之年，目前，他是村里唯一溺水而亡的人，我常常不由自主地想，失了独子的父母，该怎样哀凄地面对残酷的现实呢？那张高校录取通知单，该寄往何处？

第五辑

天上星星
地上花

天上星星 地上花

天上星星地上花，星是牵牛星，花是牵牛花。

曾经有一个时期，一提到牵牛，我就弄不清它是一颗星，还是一种花。提到牵牛星，我会皱着眉头小声嘀咕："我记得有一种花叫牵牛花。"提到牵牛花，我又会皱着眉头小声嘀咕："我记得有一颗星叫牵牛星。"真搞不懂，人们对"牵牛"二字的喜爱竟至如此地步，星叫牵牛星，花叫牵牛花。而关于"牵牛"，还有一个特别有意思的民间故事，更是阅后难忘。故事是这样的：

从前，有个会作诗的农妇，家里很穷，过着朝不保夕的日子。有一年，端午节快到了，农妇和丈夫到小河边儿采菖蒲。想到生活的困窘，农妇一边洗菖蒲，一边随口吟了四句诗："自叹命薄嫁穷夫，明日端午样样无；佳节岂能空过去，聊将河水洗菖蒲。"她丈夫听了妻子的诗句后，心里很不好受，就默默走开了。走到田头，见一头黄牛无人看管，就把牛牵到集市上去卖，偏巧被牛的主人发现，把农夫拉到县衙，告他偷牛。农夫招出实情。县令不信农妇竟会作诗，当即传唤到庭，即以

"偷牛"为题令农妇当庭赋诗，再行发落。农妇稍微想了一下，吟道："滔滔河水向东流，难洗今朝满面羞。自问妾身非织女，郎君何故学牵牛。"县令本欲以"偷牛"为题羞辱农妇，不承想农妇竟真的当庭吟诗一首，合辙押韵，便哈哈大笑，说："竟把偷牛比作牛郎牵牛，看你夫妻还算老实，我今赏你们银子一两，回去好好过个端午节吧。"

提起牵牛星，人们自然马上就会想到另一颗星星——织女星。因为牛郎织女的故事在中国可谓家喻户晓。依稀记得，在我很小的时候，夏天天热，夜难成寐，一家人常常卷了席子、蹬着梯子，到房顶平躺乘凉。此时，映入眼帘的便只有无尽的夜空，其黑暗令人恐惧，其闪闪光芒又令人遐想。

现在想来，没有什么比夜空能够更典型地把对立的矛盾双方以完美的形式统一于一体，也许正因为如此，哲学家、科学家、诗人甚至巫者，都无限深情地凝望夜空，从各自的需要、各自的思维方式出发，猜想、联想、幻想、遐想。而少不更事的我，总是依偎在母亲身边，听她一遍又一遍地讲述牛郎织女的故事，讲述嫦娥奔月的故事，然后再按照母亲的指示，一遍又一遍地确认牵牛星的位置、织女星的位置、天河的位置，确认月宫里桂树的树影。其实直到现在，除了北斗七星，其他的星星我一个也不认识，我所感兴趣的不过是牛郎与织女的爱情故事以及在我睡着的时候天上的星星会不会掉下来。因此，在后来读到杞人忧天的故事时，我总是禁不住面红耳赤。

提到牵牛花，我可就有话说了。最初，我对牵牛花（应该叫喇叭花，我只在最近两年才喜欢叫它牵牛花，以前一律冠之以喇叭花的称谓）又喜又厌，喜的是它花色艳丽、色彩丰富、花朵又多又大；厌的是摸不得碰不得，只要吹一口气，无限美好的花朵就完全破相了。想要凑近了用鼻子闻一闻它的香气，结果，薄而脆的花瓣儿粘到鼻子上，赶紧用手去划拉，坏了，自己的小脸儿又被染花了。还有，单个儿喇叭花开放的时间太短，我早晨发现了一大丛喇叭花，带着极大的欣喜讲给小伙伴们听，中午放学后带着小伙伴们去赏的时候，那些花儿全无踪影了，好像我刚才在小伙伴儿们面前撒了弥天大谎似的。其时，我还不懂，喇叭花还有一个好听的名字叫朝颜，清晨闻鸡鸣，即可见其开，不堪日光灼，露干即凋落，所以，只有早晨才能欣赏到它。

最近几年，因为经常于清晨在凤凰山公园散步的缘故，喇叭花（对了，我现在习惯于叫它牵牛花，因为我觉得牵牛花这个称谓很雅致、别趣、诗意，叫它牵牛花的时候，我就想起牵牛星。一个在天上发光，一个在地上绽放，岂不有趣）见的越发多了，而且因为认识两荫老师的缘故，竟至了解了牵牛花的分类：普通三裂叶片的牵牛就叫牵牛，深裂为三裂叶片的牵牛花叫裂叶牵牛，心形叶片的牵牛花叫圆叶牵牛，还有一种叶子比较大、三裂、中间叶片又大又长、红色花朵裹着白边儿的，叫大花牵牛。

起初两荫老师在微信里向我们展示牵牛花的区别时，我还不以为然地在心里说："反正我一概叫它们牵牛花，一种花而已。"可是，自从知道了它们的区别以后，我再见到牵牛花的时候，就会不自觉地仔细看一眼它的叶子，然后在心里说，这是圆叶牵牛，这是裂叶牵牛，这是牵牛，这是大花牵牛。看看，概念的力量多么强大。人们在掌握了某种概念之后，就会不自觉地把概念与事或物进行对号，从而让概念和事物在脑子中形成更加深刻的印象，积极的结果是掌握知识更准确，消极的结果是思想会僵化。

夏、秋之晨，我在凤凰山公园散步的时候，又多了一项内容，就是一边散步一边用相机或手机拍摄各种颜色、各种形状、各种神韵的牵牛花，并且把这项活动冠名为"寻找最美牵牛花"。从去年夏、秋我就开始寻找，到今年入秋终于找到了。以我的审美——必须说明一下，有时候，人的审美不仅存在能力问题，而且存在个人喜好问题，审美的标准不同，审美的结果当然不同，正所谓萝卜白菜各有所爱——我认为，我所拍摄到的最美牵牛花，当属于那朵有着极为纯正的蓝色的牵牛花，叶子的绿与花朵的蓝搭配得极为和谐，在丛生的杂草中，这一朵花既醒目又毫不招摇，给我的感觉就是安静、恬淡、生机盎然。当我反复琢磨那朵花的时候，我觉得其实美就是一种契合，是多种主客观因素汇聚在一起让人产生心灵愉悦的契合。

天上星星地上花，星是牵牛星，花是牵牛花，中间还夹杂着"自问妾身非织女，郎君何故学牵牛"的有趣故事。一个"牵牛"，居然贯穿了我的大半生！

　　大自然生下她的孩子，并没有一一地为它们起名，因为大自然不需要呼唤它们，更不需要给它们"上户口"，大自然只为它们提供存在的空间，然后，任其自由地在各自的时间维度上繁衍与繁荣，腐朽也罢，神奇也罢，一切随缘。

　　但是，自称"智慧生物"的人类，凡事都喜欢条分缕析，喜欢把整体切成块儿，把大块儿切成小块儿，把小块儿切成更小的块儿，不断地进行分割，以至于无穷，然后，再建立所谓的学科体系，在哲学意义上把握整体与部分、部分与部分之间的关系，仿佛这样，人类便可以掌控整个世界。

　　于是，世界便分裂为两个。一个是大自然创造的具象的客观世界，一个是人类经由复杂的思维程序建立起来的抽象的主观世界。为了让这两个世界互相映衬，事物必须一一地被命名，并一一地被划入某个体系，彼此构成只有人类才能解读的各种各样的关系。

　　从此，人类便徘徊在两个世界之间，有时不得不使劲儿地往自己的大脑中塞入各种各样的概念，理解各种各样的关系，如日、月、星，天、地、人，花、鸟、树，鱼与水，瓜与秧，父与子，君与臣，集体与个人，等等。时间久了，有些人头脑中便只留存了一些概念，倒把真实的世界给忘了，把世界的本来面目抹杀了。

我今天为什么有此感慨呢？这得从生活中的一个小插曲说起。

某晚，我们"花草志"小圈子里若干人在一起聊天，说着与花草有关的话题。柚子传上来一张白色花朵的图片，问是什么花，我说是小蔷薇。柚子说，据说这种花叫宿迁小白。"什么？宿迁小白？凭什么叫宿迁小白，又不是宿迁特有的花卉。把一个全国乃至全世界都有的小蔷薇叫宿迁小白，这不明显是专权嘛。"我心里愤愤不平，为"宿迁小白"这一称谓。于是我说："宿迁只是一个地名，你可以叫它宿迁小白，也可以叫它唐山小白。"

刚巧第二天早晨，我在凤凰山公园散步的时候，又碰到了那种白色的小蔷薇花，于是顺手拍下照片，忽然发现不远处正有一大朵纯白色月季准备怒放，于是也顺手拍下。想起昨晚上关于"宿迁小白"的心里不平，我在把照片传上微信的时候，特意写了一行字：唐山小白与唐山大白。

仍然觉得不过瘾，不解气，难消心中块垒，于是又撰写了一大段文字，如下：

"有一种蔷薇，被宿迁人命名为宿迁小白，这不明显是专权吗？于是，我下决心管它叫唐山小白，相应地，把它旁边那株开着白色花朵的月季命名为唐山大白。

"小白也好，大白也罢，说到底，名字不过是个标签而已，对于一朵花来说，季节才是最重要的，错过了季节就相当于失约，失约就是失信，失信就是失德。花的道德就是不负春光，适时绽放。昼花昼开，夜花夜放；春花春谢，秋花秋落。

"仔细想想，所有的命名只对为之命名的人类有意义，对于事物本身无意义。比如说，一种开白色小型花朵的蔷薇，叫它宿迁小白或者唐山小白，对于蔷薇来说，无意义。

"哈哈，唐山小白，唐山大白，就算是这个早晨，我与花儿开的一个玩笑吧。之后，大家还会习惯性地称它们为蔷薇和月季。

"柚子应该最懂此文。'宿迁小白'这几个字是她最先翻出来的。因此，此小文亦可名为"都是柚子惹的祸"。柚子者，一爱花之美女也，有花的容颜，亦有花的芳心。"

当我把这段文字，连同"大白""小白"的照片一起传到"花草志"微信圈儿的时候，我还不知道自己已经犯下了一个极其低级的错误。等到柚子为我详解"宿迁小白"这一称谓的由来时，我才发现自己亲手将自己扔在了尴尬之地。

原来这宿迁小白的出名，是因为宿迁有许多人搞批发月季苗的生意，而人们买回来养一段时间后发现根本不是月季，只是一种开小白花的蔷薇，于是就把这个冒充者叫宿迁小白。

善解人意的柚子为了安慰我，特意说道："其实以普通蔷薇充当名贵月季品种卖高价，是造假者之恶，与花何干？既然她开在春末夏初的唐山，她就是唐山的小白。采薇姐姐有一颗懂花之心，小白肯定很喜欢这个名字。"

咳，哪里是我有一颗懂花之心，分明是柚子有一颗善解人意的心。以后再不敢如此那般地冒失了，为了一朵花的命名，年近半百的我居然又做了一回"愤青"，可笑不？

又一个本命年

——为"眉力村"《这一年》同题作文而作。

站在今天的时光回望，我不能不一次又一次地嘲笑自己在任何时候都显得那样的孤陋寡闻，一般人都知道的普通概念，我却总是一无所知，一头雾水，比如说"本命年"这个概念。因此，站在今天的时光前瞻，我必须小心翼翼地提防被别人嘲笑为孤陋寡闻。不过呢，我现在掌握了一个最好的自我解嘲的秘密武器，那就是两千多年前，伟大的哲学家庄子曾经说过的一句名言："吾生也有涯，而知也无涯。以有涯随无涯，殆已！"

我必须诚实地说，"本命年"这个概念是在 25 年前，经由一部轰动一时的电影输入我的头脑中来的，此前，我从来不知道什么叫本命年，更不知道本命年有什么深刻意味。对于像野草一样在乡间长大的我来说，每一年的时光都是一样的，春夏秋冬，寒来暑往，花开花落，增衣减衣，吃饭睡觉……生活中所做的每一件事都是平常事，所过的每一天都是平常时光。像伟大、深刻、奇特等与平凡、平淡或平常相反的词，离我的生活十分遥远，遥远得仿佛我在地上，它们在天上；我是地上的野草，它们是天上的星辰。无论我怎样仰望，夜以继日还是风雨无阻，最终我只能匍匐在地。所以，平淡是命中注定的；从容也是命中注定的。如果硬要说有什么不同的话，也就是因为读书的缘故，生活中偶尔有那么一朵小浪花，翻腾一下也就倏忽而逝：上学啦！小学毕业啦！初中毕业啦！高中毕业啦！马上就要大学毕业啦……大学毕业之后呢？好像应该考虑一下了。

这样回想起来，好像大学毕业是我人生最大的一次转折。在大学毕业以前，我好像从未真正体验过忧虑是什么滋味，基本上过着衣来伸手、饭来张口的生活，虽然无华服、无锦衣、无玉食、无佳肴，但是在一次又一次"忆苦"中，我也能明显感受到生活的甜。也许这正是我一直保持平庸的重要原因之一。如果一个人时时感觉到自己身处深渊之中，或许他就会奋力向上攀登。当然，如果一个人时时感觉到自己身处深渊之中，他也许会因为绝望而自暴自弃。人性，有的时候，真的很难把握。而我，因为时时处在一种自我满足的状态，所以便总是没什么长进，随遇而安。

大学毕业，对于我具有双重意义：其一，意味着我可以自食其力了。这是我梦寐以求的；其二，意味着我衣来伸手、饭来张口的日子彻底结束了。从此，我必须时时牢记夫子的教诲："人无远虑，必有近忧。"

就是在我大学即将毕业的前夕，在校园俱乐部观看了一部对我稍有影响的电影《本命年》。这部电影是中国第四代电影人谢飞于 1989 年拍摄的，改编自刘恒的小说《黑的雪》，由当红演员姜文主演。影片讲述一个叫李慧泉的小伙子的"残酷青春"与"宿命人生"。该片因在 1990 年柏林国际电影节斩获"银熊奖"而名噪一时。

观影之后，最让我纠结的是电影的片名，我实在弄不明白影片为什么叫《本命年》，而且，当时我也不知道啥叫本命年，只好向身边的人虚心请教。得到如下回答：本命年就是十二年一遇的农历属相所在的年份，俗称属相年。民间通常把本命年也叫作坎儿年，因为在传统习俗中，本命年常常被认为是一个不吉利的年份。所谓"本命年犯太岁，太岁当头坐，无喜必有祸"。影片中的主人公李慧泉就在自己的"本命年"很宿命地死去。

听得我浑身直起鸡皮疙瘩。不过我在心里自言自语，我才不信什么本命年不本命年的呢。虽然很早以前母亲就总是对我们讲"人的命，天注定"，讲"人走时气马走膘，兔子走时气枪都打不着"，讲一个人"该在井里死，河里死不了"，讲"恶有恶报，善有善报，不是不报，时间未到，时间一到，马上就报"，但是，小小的我一直冥顽不化地拒绝接受这些东西，并且总是当面嘲笑母亲迷信。母亲也总是笑眯眯地回答说："不信，你脑袋疼。""可是我的脑袋从未疼过。"我也笑眯眯地和母亲顶嘴。

如今，这么多年过去了，关于"本命年"的各种说法从未影响过我，我也从不把"本命年"放在心上，如果硬要说我对本命年有什么特殊感情的话，那就是我喜欢本命年，因为那是我出生的属相年，因为自己属羊，所以在心里特别喜欢羊年，也特别喜欢听人说"羊马年，好种田"，甚于在内心深处对羊这种动物也有某种特殊的情感。

2015 年，是我的又一个本命年，虽然距离这一年结束还有一小段儿时间，但是，我已经能够确认自己这一年是幸福的，生活恬淡而美好。在这种恬淡而美好的心情中，回忆自己人生已经走过的若干个本命年。如下：

第一个本命年，即 1967 年，我在这一年的冬天宿命地来到这个世界，以一颗赤子之心开始在无知无识中感受生命，等待觉与悟的光临。第二个本命年，即 1979 年，我在这一年完成了小学学业，并且留下了我人生中的第一张照片。后来，我常常借着这张照片回忆起童年的某些时光。第三个本命年，即 1991 年，刚刚大学毕业一年的我，迫不及待地把自己嫁了出去，虽然很多人都说本命年不宜结婚。第四个本命年，即 2003 年，我和先生用仅存的几千块钱购置了一台家用电脑，开始尝试着用电脑写作，并积极地依托网络平台与人交流写作的经验与心得，使我的写作，无论是热情还是经验，都在开始阶段即获得大幅提升。第五个本命年，即 2015 年，我开始尝试用手机上网，并通过微信平台公开发表自己的文章，这对于我来说又是一个全新的体验。

哈，不如把"太岁当头坐，无喜必有祸"改为"太岁当头坐，有喜必无祸"为佳。

为叶子立传

不知不觉中，姹紫嫣红的春天过去了，万木争荣的夏天过去了，百果飘香的秋季也过去了，在我经常散步的地方，除了金黄色的小野菊花依然顶着寒霜傲然绽放之外，就连抗寒能力很强的蒲公英花也不知躲到哪里去了。"天孙滴下相思泪，长向深秋结此花"的牵牛花，枯藤缠绕处，毛茸茸的球形果实，或可供人们回忆起它们曾经的绚丽与柔美。环顾四周，除了四季常绿的松树、柏树、小叶黄杨、冬青卫矛，所有的树木都在努力地改变着自身的颜色，青灰、浅黄、金黄、深黄、橙色、红色、紫色、棕色等，成片、成团，或成堆，相互交织，相互映衬，让立冬之后的景色看起来无比艳丽。

时光的脚步刚刚行进到十月中旬，白蜡树的叶子就先知先觉地由青转黄，仿佛它们是时光里最前沿的哨兵，最先打听到秋天的消息，并且忠实地履行报告消息的职责，让身边的伙伴们提前做好准备。这些白蜡树的叶子，也不等秋风撼动树枝，也不等秋雨加重叶子的重量，更不等秋霜摧残折磨，十分主动地，在温暖的秋阳中，扑簌簌地落满地面，让正好从树下经过的我为之心动，从此，对花事的关心少了，对叶子的关心多了起来。

之后是火炬树。火炬树的叶子呈羽毛状，众多火炬树茂密地生长在一起时，它们的叶子就十分好看，到了秋天，叶子早早地变为红色，像燃烧的火焰，煞是醒目。于是，在经过火炬树的时候，我禁不住要拍摄它们的叶子，并且一边拍一边感叹"霜叶红于二月花"。不过，我心里想的是，即使同为红色，二月花的红与霜叶的红，意义大不同。前者可供奢侈的人任意挥霍，铺排出一个个盛大的仪式，让处在仪式之中的人沉醉于某种幸福与欢乐的情绪中，高呼"人生得意须尽欢，莫使金樽空对月"；后者让俭朴的人更加节俭，让内敛的人更加沉静，因为，谁都知道，经霜的红叶很快就会被西风吹落，腐朽成泥，仿佛人之暮年。

再之后，是英俊、挺拔、帅气、有活化石之称的银杏。银杏树，以种群而论，在地球上的生存是古老的；以个体而论，寿命也极长。喜欢银杏树的唐山朋友们有福了，不仅城市里随处可见大大小小的银杏树，而且，遵化市侯家寨乡禅林寺景区内现存十三棵古银杏树，粗壮高大，枝繁叶茂，树龄最长者，据说已有两千多岁，极为壮观。丰南区宋家营村亦有一千五百年树龄的大银杏树两棵，神仙一样挺立于广阔的冀东平原上，吸引众多游客前去观赏。最佳观赏时间当然是秋末冬初，叶子金黄时节，美到极致时，总能让人的心变得软软的，似乎有无限柔情自内心之泉喷涌而出，却嘴拙舌笨地无言表达，于是悄悄地拾几片叶子在掌心里细细观赏，悄悄地带几片叶子回家，找一个干净的背景为叶子拍照。

事物由渐变到突变的过程，在春天和秋天表现得极为显著。春天，你前一日还觉得"草色遥看近却无"，一夜春风春雨之后，大地很快就变得五颜六色。而秋天，我正慢悠悠地欣赏着白蜡树的浅黄、火炬树的彤红、银杏树的金黄，却突然之间，一夜寒霜降，落叶满地黄，百草凋零处，唯有菊花香，西风真的有摧枯拉朽的力量。

清晨，走在凤凰山公园的小路上，总是不由自主地被脚下的落叶吸引住目光，"呀，这叶子好漂亮"，于是，停下脚步，用手机为它们拍照。立冬之后，我不知道自己有多少次停下脚步，为一片又一片的落叶拍照。拍着拍着，心里竟生出热乎乎的感觉，生出想要写点儿什么的冲动，且立即就有了题目：为叶子立传。

"虽然只是一些很普通的叶子，不过，我还是倾向于认为它们是美的，随春风而生，随秋风而落，享受阳光，承受雨露，青了又黄，高而复下，从来处悄悄地来，到去处默默而去，虽只历一春一夏一秋，然而，遵道、循道、藏道矣。人生应简单如此，就亦应明了如此，一切淡然焉。"我在微信朋友圈里晒出叶子的照片，同时写出自己的感慨。

"从反面看一个事物，有时也许更清楚，比如，叶子的脉络。"昨天，为悬铃木的叶子拍照，恰好叶子的正面朝下、反面朝上，于是，我十分清晰地看到叶子的骨骼，便由衷地感叹叶子带给人的启示。是啊，每一片叶子都有自己的骨骼，就像我身边的每一个人，他们都有各自的风采。我为叶子立传，其实是想为每一个朴实、善良、经常被人忽略的人立传。

走过的路，赏过的花

古人云："读万卷书，行万里路。"行路者，亲力亲为也。凡事身临其境，深入其中，方得其理，而不至于人云亦云；读书者，取他人之经验与智慧为我所用也，这就相当于登上一个高处看风景，自然是眼界更开阔一些。对于一个人的成长和发展而言，如果能够把行路与读书融会贯通，就好比鸟拥有双翼，车拥有双轮，船拥有双桨，可以任意翱翔于蓝天、驰骋于大地、漂游于水上。

可是，那又怎样？双翼、双轮、双桨，说到底都不过是手段而已，翱翔、驰骋、漂游虽可招人羡慕，但说到底也不是人生的终极目的所在。我想，哲学上最深奥、最难解决的问题莫过于人生的终极目的是什么。仁者见仁，智者见智，实难有一个统一的答案，不强求"同"，能够宽容"异"，无疑是明智的选择。为此，我愿意放弃一切思考，专心于脚下的路和路边次第开放、次第凋零的花。

如今，赏花越来越成为我生活中必不可少的重要内容。

扪心自问："你从什么时候开始注意到花的存在，并且感受到花带给你的愉悦呢？"

低头细想，猛然想起许多年前的一个细节。那时候我有多大？不知道。不过推测一下，应该有四五岁吧。母亲生养了我们姊妹五个，依次是大姐、哥哥、二姐、我和弟弟。父亲母亲每天都要面朝黄土背朝天地到生产队参加繁重的体力劳动，起早贪黑、披星戴月，实在很难周全地照顾那么多孩子。稍大一点儿的姐姐和哥哥自己照料自己的同时，还要帮着父母做力所能及的劳动。长我两岁的二姐和我都是"白吃饱"，只能被打发到村西头的姥姥家，让因为体弱而脱离了生产劳动的姥姥帮忙照顾我们白天的生活。

对于还十分幼小的我来说，从自己家到姥姥家的那一段路实在太远了，中间不知要歇多少歇才能到达姥姥家门口，然后，一边承受着东邻家的犬吠带来的巨大恐惧，一边吃力地跨越过姥姥家高高的门槛儿，一次"长征"才算结束。

记忆中，有相当一部分路程是姐姐背着我走过的。对于仅仅长我两岁的姐姐来说，背着我走路一定是相当艰难的，所以，一路上，总是跌跌撞撞，走走停停，停停走走，夹杂着哼哼唧唧、哭哭啼啼。不过，万事都有转机，原来认为苦的东西可能会因为某种元素的添加而带给人一丝甜意。

从自己家到姥姥家的路，坎坎坷坷，磕磕绊绊，来来回回地，不知走过多少遍，走过多长时间，多少风雨，我终于找到除了"累"以外其他走走停停、停停走走的理由，这个理由就是对路边花花草草的迷恋，这个理由让我特别欣慰。如果那个时候，我便知道人除了身体以外还有所谓的灵魂，我想，我一定会欣欣然于自己的灵魂因为这些花草的美丽而获得巨大的慰藉，并且从这份儿慰藉中获得丰厚的幸福感。

现在想来，那条路上的花草也没有什么特别之处，无非是一些狗娃花、旋覆花、打碗碗花、地梢瓜、牛筋草、白茅草、艾蒿、白薯秧子之类的东西，但是对于初识花草的我来说，那可是一个巨大的全新的世界，我因为迷恋那些花草从而需要更长的时间才能到达姥姥家门口。那段儿在下雨之后会变得非常泥泞，经常粘掉鞋子的路，对于逐渐长大的我来说，终于不再是"长征"之路，而是上帝赐予我的伊甸园。

如此看来，人之初，上帝总是不吝惜把它创造的伊甸园赐予人。但是，上帝又赋予人两个使命，一个使命是认识人所处的客观世界，一个使命是认识人内心的主观世界，所以，上帝必须适时地把人赶出伊甸园，让人在茫然未知的路上经历千难万险，之后，是自我意识的彻底觉醒，用生命的意志为自己再造一个精神上的伊甸园。

不得不说，每个人在认识自我、拯救自我的道路上都走得好辛苦，幸亏在我们的潜意识里都有一个关于伊甸园的美好记忆，让我们在遭遇坎坷或者感觉疲劳时得到某种抚慰，同时获得精神上的愉悦。我想，我之所以如此热爱赏花，正是受到潜意识的支配，在一次又一次的赏花活动中，回望我儿时的伊甸园，上帝曾经赐予我的伊甸园。

我在赏花的时候，过于专注，通常都不太注意脚下的路。昨日清晨，顺着一条小路，穿过一片"霜叶红于二月花"的火炬树林，因为过于留恋树上的红叶，忍不住彻底地转过身来，回望一下刚才走过的地方，出乎意料的是，我在我的手机镜头里看到一幅美丽的画，惊诧之余，我激动地对自己说："知道吗，你刚才是从一幅画里走出来。你竟然也成了画中人，而你从来不自知。"

因为有了昨日清晨的经验，今天我在散步的时候，特意关注了一下我经常走过的路，用手机一一将它们拍下，我觉得它们那么美，连同路边的花、草、树。猛然间，脑海中一闪念地蹦出一句："走过的路，赏过的花。"

遂有此文。遂有此文中的某些思考。我希望，在我以后的人生过程中，不管走多少路，读多少书，都有花草相伴左右。

追花逐梦 度此生

　　若论"只争朝夕"，从春到夏次第竞放的花儿们当数第一。几日不见，它就轰轰烈烈地开了；再几日不见，它就悄无声息地谢了。纵使没有"朝来寒雨晚来风"，林花谢春红，依旧太匆匆，似乎没有半点儿犹豫。所以，当真想要赏花，就必须记得花开的时序。来得早了，或者来得晚了，都只能失望而归。

　　"花儿们总是迫不及待地开！难道她们也奉行'出名要趁早'的人生哲学？"

　　前几日傍晚，我正在厨房里忙着煮莲子粥的时候，下班归来的先生进门之后，对我说的第一句话就是，荷花已经开了，快去照相吧。颇有些意外的我，随口就说出了上面这句话。先生知道，从荷塘里还没有第一片荷叶飘起的时候，我就在等待、观察它们一点点地长起来，我期望看到它们生长的全过程。但是，由于疏忽，我已经有好几个早晨没有去荷塘边了，我以为它们不会这么快就长出花骨朵。于是，我又犯下一个双重错误。

从小就喜欢花的我，到了不惑之年，对花儿的热爱更是达到近乎痴迷的程度。

曾经因为喜欢唱歌，所以，在读文字时，见别人使用"如歌岁月""如歌的行板""对酒当歌""歌以咏志"等语汇时，便不自觉地喜欢，觉得这个"歌"字用得太好，太贴切，畅人心，舒人怀，感人念，动人情。但是，轮到我"摆弄文字"的时候，我最喜欢用这样的语汇——如花妙笔，如花美梦，如花岁月，如花心情，生命如花等。迄今，我最得意的一句原创便是："宜将人生做花开，年年岁岁香飘来。"写在去年的文章《花打天下》开头第一句。在我眼中，花是这个世界上一切美好事物的象征，其形，其色，其味，其质，其品，无一不动人，无一不妙趣横生。所以古往今来，花能入诗，入画，入歌，亦入梦。在我看来，李白的诗句"花间一壶酒，独酌无相亲"，完全可以改为"花间一壶酒，独酌也风流"，只可惜李白的意趣全在月亮身上，虽身处花间，却对花熟视无睹，一味"举杯邀明月"，又抱怨"月既不解饮，影徒随我身"。如果李白能够稍稍移情于花儿的话，我相信他一定会把"风吹花影动"疑为"花儿来助兴"。诗人，花，月，影，凑在一起可以打桥牌了，赢了的唱歌，输了的喝酒。

现代人在读"夜无明月花独舞，腹有诗书气自华"时，总爱把欣赏的重点放在后半句上，甚至直接舍掉前半句，单以"腹有诗书气自华"这后半句或赞誉他人，或自我标榜，或催人读书上进。而我，因为爱花的缘故，偏偏喜欢前半句，短短七个字一语中的地道出了花的自在，自为，自主，自我，自信，自立，自豪。在爱慕虚荣者看来，花开，一定要在灼灼日光之中、暌暌众目之下，否则便失去了花开的"意义"。爱慕虚荣者当然看不到无月之夜花独舞，只有真正的隐者才能吟出"夜无明月花独舞"这样的名句，那暗夜中独舞的花自然也就成为高贵灵魂之写照。

每每想起这句"夜无明月花独舞"，便会沉沉思考：花可供人赏，但不要求必得有人赏；花可供人折，但你不折它会开得更加繁盛。赏与不赏花自开，折或不折花自落。赏与折是人的事儿，开和落是花的事儿。对于花儿来说，真正做到了"人不知而不愠"，这也是一切"自然之物"的美德所在。

清代著名文学家张潮在《幽梦影》中有一段关于美人与花的论述，说："美人之胜于花者，解语也；花之胜于美人者，生香也。二者不可得兼，舍生香而取解语者也。"初读时，觉得此语甚妙，现在想来，又觉得有些浅了，其不过是文人主观臆断之一种，花与人同作为世界之物种，想来也是各有各的逻辑、各有各的语系，诚如庄子所云，此亦一是非，彼亦一是非，人不解花语，便说"花不解语"何其谬也。

春伊始，我便开始每天关注花开，关注花落，冥思苦想，终得一题，是为"追花逐梦度此生"。白天看花，花便是花，夜晚入梦，说不定花即是我，我即是花。

种子的美好时光

题目是早已拟好了的，但不是命题作文，而是有感而发，由念而生。

记得去年冬天的某个下午，我在24号小区公交站点等车，见天清气朗，阳光拂面，内心顿生温暖之感。一边朝着车来的方向张望，一边将脚步挪向站点附近的铁栅栏。

在那排白色的铁栅栏里边，5月、6月，有香气四溢的月季盛开，7月、8月，有色彩艳丽的紫薇花绽放，9月、10月，有蓝紫色的裂叶牵牛在栅栏上展现柔美。不仅如此，与栅栏并立的，还有一排女贞树。因为这些花木的缘故，等车也就成为一件幸福的事儿。有时，我甚至希望公交车晚一点儿来，给我多一些赏花的时间。

一般而言，花木都十分守信，开花、结果，都与季节事先约定好，然后如期践约，仿佛恋人的山盟海誓。但是，那一排女贞树，弄得我有些糊涂。

前年，我没有留意到女贞树开花，却意外地在秋天看到它们结满黑紫色的果实，一嘟噜一嘟噜的，挂在枝杈间，仿佛迷你版的葡萄，这极大地引起我的好奇心，向朋友询问，方知是女贞树。因为迷恋它们的小果实，便对它们格外留心。秋风扫尽落叶，那些果实完好无损地挂了整整一个冬天，且一直保持水润模样，逐渐干瘪的过程中，又挂了整整一个春天。奇怪的是，去年，那一排女贞树用一个春天的时光展示它渐趋干瘪的果实，却不发一芽。将近夏天时，才渐渐长出一些绿叶，但是远没有前年那样生机盎然，而且出乎我意料的是，那排女贞树竟然没再开花结果，整整一个冬天都在向过往的人们展示它的绿叶，仿佛对老夫子两千多年前说的"岁寒，然后知松柏之后凋也"很不服气，一定要让人们知道，后凋者不只松柏，还有女贞树。

不说女贞树了，都是题外话，还是继续说我在冬日午后等车时发生的故事吧。我一边朝着车来的方向张望，一边将身体靠近站点儿北边的一排铁栅栏。蓦然之间就发现，缠绕在铁栅栏上的牵牛花的枯藤上，有几粒牵牛花的球形种子，正寂寂地垂挂着，凭借耀眼的阳光，反射出十分有质地的金属一般的光泽，那光泽能让人联想起某些具有古意的东西。一瞬间，我所感受到的，便是浓浓的诗意，头脑中迅速闪过一个念头：种子的美好时光。

是啊，在这既非春暖，亦非夏炎，更非秋爽的季节里，也就只有种子连着枯藤枯叶一起晒太阳了。至于说到花儿们，不是写在历史中，就是开放在未来的时光里，而此时此刻，只有种子，似乎沉浸在午睡的梦中，呈现出一副香甜的模样。它们是不是也有些沉醉？有些得意？若种子有知，不对，种子一定有知，而且有识，有记忆，它们知道自己是继往开来者，它们如此这般悠闲地晒着太阳，正是为了获得超能量，它们此时的沉睡，其实是在韬光养晦，是在以极大的耐心，等待春天的到来。它们是花儿们曾经存在过的最好的证明，它们心中暗藏的，是花的梦想。它们是万物周而复始的杰出代表。

从总角到知天命，我一直认为种子是这个世界上最奇妙的东西。"春种一粒粟，秋收万颗子。"多么有趣儿！一粒种子爆发出来的生命力，足以令人震撼。

在头脑中闪过"种子的美好时光"的一刹那，就想以此为题写点什么，但是脑子里一直空空如也，不知怎样下笔为好。今天早晨，我在凤凰山公园散步，赏过早开的迎春花之后，又检阅了杏花的孕育之态，继续前行至一片火炬树林时，不期然地看到鹅绒藤的种子，在去年的枯藤上摇曳着，纤纤细细的绒毛全部舒展开，成为合欢花的形状，在朝阳的映衬下，闪烁着银色的光芒，一下子就吸引住我的眼球。

脑海中立即想起沉寂了好几个月之久的作文题：种子的美好时光。于是信手写道：春天来了，这些长着羽毛的家伙们，在微风中，轻轻地颤动，等待一个契机，扎根于泥土，重现记忆里的生命辉煌。

难怪，在第一次闪念时，写不出什么东西，却原来，冬天是属于种子的美好时光，而春天，是属于种子的最美好时光。那些没有被人们收获去的种子，那些没有被鸟儿们吃掉的种子，正迎来自己的生命曙光。

杨获爱着蒙古栎

这是一个早在春天就说定要写的题目，直至已经夏季的今日方才动笔实践，却仍然没有成熟的写作方案，真的很惭愧，姑且进行一次完全没有腹稿的写作尝试。

杨获者何人？一位十几年前就认识的美女，一个热爱写作的家伙，曾出版个人文集《尘世是唯一的天堂》。差不多前后脚，我出版了个人文集《深紫色的忧伤》。尽管如此，我与她一直保持着"认识"的距离，没有更深入的关系，因为作为企业会计师的她，与作为中学教师（尤其是班主任）的我，无论是在工作上还是在生活中几乎没有多少交集。虽然同好写作散文，但是彼此文风大相径庭，一位同时认识我和杨获的朋友曾评价说，我的文章庄有余而谐不足，她的文章谐有余而庄不足，若能互补则两全其美矣。

一庄一谐之文风不同，是很能够说明一些问题的。况且我认识她的时候，她已经是一位很成熟的散文作家了，在诗文界有广大的朋友圈，且与《读者（原创版）》有供稿约定，而我的写作，直至今日，也仍然处在探索与尝试阶段，是注定不会有什么大出息的，之所以还坚持写，完全是为了防止过早地出现阿尔茨海默病。我这样说你是不是能够理解，为什么我们那么长时间里仅仅保持着"认识"而不是"熟识"的关系。直至某一天，我突然发现自己在未被提前告知的情况下，被拉入一个叫"花草志"的微信群，以植物为媒，我与杨荻的交往才渐渐增多，并颇有些"志同道合"的意思。而把我拉入"花草志"里的，不是别人，正是美女杨荻，因为她知道我也热爱植物。

有趣儿不？两个都热爱写作的人，没有因为写作而成为朋友，却因为共同的对植物的热爱而逐渐靠拢在一起。靠拢在一起的时候，我们几乎不谈写作，而是大谈各种花卉。去年深秋，与耿宁等一起去邱庄水库赏秋日风景，我发现同去的其他三人都很安静，唯有我和杨荻总是大声地说个没完。也许是多年做教师的习惯使然，我一说话就难免高声，我在高声说话的时候，自然也希望别人能一起高谈阔论，畅所欲言，直言不讳地表达自己心中的感受，否则我就会觉得特别压抑而无趣。

春天，与杨荻一起去唐城101小区赏花。那时，玉兰开得正盛，桃花开得正艳，海棠开得正美，樱花开得正绚烂，丁香开得正如火如荼，总之，整个城市正淹没在花海之中，弥漫的香气沁人心脾，令极少饮酒的我醉得一塌糊涂，稍有闲暇，便四处寻花。此时，杨荻邀我去她所居住的小区唐城101赏花，当然一拍即合。

101小区真是美极了，如果天降甘霖，那绝对是"杏花烟雨江南"了，可惜本城经常处于雾霾之中，让那些盛开的花朵多多少少显得缺乏灵秀之气。不过，因为有很多辛勤的园丁每天尽职尽责地精心打理，小区里的植物比别处的格外清新，大朵的玉兰花看起来一尘不染。我们惊讶地发现，小区里的植物都模范地遵守着某种秩序，绝对没有"乱来"的现象，于是我们就故意大声地揶揄："你看这草坪，连一棵开花的蒲公英都没有。""连一朵蒲公英的花都看不到，这还叫春天吗？"似乎是为了反驳我们的说法，不远处树上的小鸟以明快的叫声吸引我们的注意，让我们噤声。

那次赏花最主要的目标是今年刚刚在本城展现明媚鲜妍的一种海棠花——北美红巴伦，园丁说它也叫绚丽海棠，深紫色。其实，与满城皆是的西府海棠相比，真难说所谓的北美红巴伦更美、更艳丽，但是，对于处于"审美疲劳"状态的视觉来说，新的刺激更能让人产生兴奋的情绪，要不然，人们为什么总是喜欢"探索与发现"呢！由此我忽然想到，所谓的"后来者居上"大概也是出于同理吧。

在我把目光投向一棵棵开花的树的时候，杨荻却总是关注着一株株长满绿色大叶子却没有一朵花的蒙古栎。也许对于她来说，那是一种新鲜的植物。它高大的树干和阔大的叶片都足以吸引人的目光，尤其是叶片边缘深深浅浅的齿痕，也颇值得欣赏。如果你肯伸手去摸一摸，或者轻轻地用手指捻一捻叶片，沙爽爽、柔滑滑的感觉立刻让你的心变得软软的，仿佛在把玩一块自己珍爱的美玉。

似乎是为了提醒我，每看到一株蒙古栎，杨荻都会大声地说一句："看，蒙古栎。"然后还要立即补充一句："我爱蒙古栎。"我刚想说一句"蒙古栎有什么值得大惊小怪的"，忽然就觉得不妥，于是话到嘴边儿，像湍急的水遇阻之后打了一个漩儿，然后变成了另外一句话："我爱朱古力。"以后，她每说一句"我爱蒙古栎"，我必回应她一句"我爱朱古力"。她高兴地说："好了，我们又有新的接头暗号了。以后再相约一起赏花，就说这个暗语。"

某日，我在独自赏花的时候，先在环城水系一块大石头上拍了一张胡枝子的照片，回到小区后看到那株我早已熟悉的蒙古栎，又拍了一张。想起杨荻曾说她最爱胡枝子，想起我们一起赏花时，她不断重复的一句"我爱蒙古栎"，在编辑照片的时候，我就分别在照片上写下"杨荻最爱胡枝子"和"杨荻爱着蒙古栎"。晚上在"花草志"聊天的时候，我把两张照片传上来给大家看，没想到，杨荻居然很高兴地说："好，这两张照片我收藏了。"情绪一激动，我竟许下诺言说："我早晚要以这两句话为题写点儿什么。"

古人曰："轻诺必寡信。"我虽当时"轻诺"，但绝不能事后"寡信"，因为古人亦曰："君子一言，驷马难追。"所以，今天坐在电脑桌前，绞尽脑汁，汗流浃背，只为兑现一个诺言，虽然那个诺言不一定有人记得，即便记得也不一定认真地当一回事儿。

乡村有很多野生的植物和动物，但是，你不一定有缘见到它们，比如说刺猬。从出生到出嫁，在老家的小山村，断断续续地生活了二十多年，但是，我从未在那里见到过哪怕一只刺猬。并非没有，只是无缘。

我对刺猬这种东西充满好奇，缘于漫画与歇后语。

小学五年级的时候，除了语文、数学、科学常识几门课程之外，突然多出来一节阅读课。在开设阅读课之前，老师先在班上做了动员工作，大意是说现在同学们已经有了一定的知识基础，可以练习"自学"了，自学就从课外阅读开始吧。然后，说了一大堆报纸和的名称，让我们订阅其中的一种或几种。

这算是我平生第一次接触报纸和期刊，完全不知道它们是怎么一回事儿，考虑到家庭经济承受能力，我只从那一大堆报纸和期刊名称中选了《讽刺与幽默》。其实，那时候，我完全不懂何谓讽刺、何谓幽默，询问身边的同学，他们也不懂，只是因为对"讽刺与幽默"这几个字好奇，于是就选了它。

每周阅读课，老师都会把大家订阅的报纸或期刊发到同学们的课桌上，让大家自己阅读，这对我们一向简单的学习生活来说，是一种全新的体验。一节课下来，我总会十分认真而又兴味盎然地把自己订阅的《讽刺与幽默》从头看到尾。记得其中有一个栏目的名称叫"小刺猬"，旁边用简笔形式画了一只小动物，背上一团一团的尖刺儿，两只"小手"握着一把三股小钢叉，代表的是"讽刺"。在"幽默"那一栏里，我记得好像都是在讲述"乐叔与虾仔"的故事，采用的是连环画形式，乐叔与虾仔的形象与对话都让我觉得颇为有趣。就是《讽刺与幽默》，让我平生第一次知道有一种名叫刺猬的小动物，并且模模糊糊地知道了刺猬的大致形象——背上长满了尖刺。

之后，又学到一句歇后语："狗咬刺猬——无从下口。"据说，刺猬遇到危险之后，背部的毛会立即变为一个又一个尖刺，同时，它会把整个身体团成一个圆形的团儿，所有柔软的部位都会被藏起来，因此，狗咬刺猬，当然无从下口了。但这仍然只是"听说"，从未见到过真实的场景，这让我对刺猬这种小动物更加充满好奇，一次又一次想象着它把身体团起来的样子。

25 岁那年的秋天，新婚的我在婆家小住。婆家也是农村的，地处冀东平原，盛产小麦和棉花。晚上八点多钟，我一个人去房屋后面的厕所"释放内存"。刚一进厕所的门，就见到地面上有一团黑影出溜出溜地动，着实吓了我一大跳——我担心是蛇。待我把怦怦乱跳的心稳住之后，大着胆子，借着还算皎洁的月光仔细去看那团黑影，哈，如果我猜得没错的话，应该是一只刺猬先于我跑进了厕所。

这可是我平生第一次见到真正的刺猬，情绪很激动。"释放内存"的事儿可以暂缓，这只刺猬我可得逮住它。那只冷不防遇到我的刺猬大概也吓坏了，竟然团在那里不动。我企图用双手捧起它，啊，好疼，我立刻收手回来。放弃的念头在头脑中闪过，但终是不甘，于是再次小心翼翼地用手去抓它、托它、捧它，最后，终于把它悬空。

当我怀着满腔的激动，把小刺猬举到一屋子人面前时，却听到他们中有几个人同时在说："那有啥稀奇，麦子地里有的是。"他们正专心于聊天、打扑克，没有一个人热心地凑过来，像我期待的那样，用好奇的目光打量刺猬。"敢情就我一个人没见过世面！"我立刻就觉得尴尬起来，本来还想让他们帮我找一个盒子之类的东西，把小刺猬放在里面养几天，以便于我仔细地观察它，听他们那样一说，我只好把捧在手中的刺猬放在屋子的墙角处。原以为它跑不出屋子的，结果第二天却再也没有找到那只小刺猬，我的内心充满遗憾。

前几日，与友人庞博、清一起去丰润某乡村欣赏植物，竟然在一处长满高大杨树的堤坝上，与一只刺猬不期而遇。当时，那只可爱的小刺猬正团着身子，在一堆枯叶中安然于梦乡。刺猬的颜色与周围枯叶的颜色如此一致，要不是它稍微动了一下，估计庞博很难发现它的存在。我听到庞博略有些惊讶地说："啊，原来还是个活的。"我赶紧一探究竟，得知是一只刺猬。

这次可不能再放过它了。虽然庞博和清都没有为小刺猬停下脚步，但是，当我小心翼翼地捧起那只刺猬时，她们都高兴地回头看我和我手中的小刺猬，然后不谋而合地为我和小刺猬拍照。我们仔细地欣赏小刺猬的脸，睁开的眼睛，拖着鼻涕的小鼻子，肉乎乎的小脚丫，一致说可爱极了。尽兴之后，我又小心翼翼地把它放回原来睡觉的位置，小家伙竟然像从未受到过打扰一般，又团在那里，呼呼睡去，一动不动，我忍不住为它的安全担心。

之后，我把照片通过微信传送给远在北京工作的儿子，他很快就回复说："真的是好久没看到刺猬了。还记得在简易房，8中那只，回来就挖洞跑了。"看着手机屏，读着这几行文字，我能感觉到儿子凝结在文字中的快乐。我说："简易房的刺猬妈妈都忘了，你一说才想起有这码事儿。"

如此算来，我这是第三次与一只刺猬亲密接触喽。想想，真的很快乐。与一只小动物的缘，不也代表了我与这个世界的缘吗？凡有相遇，自当惊喜。

早春之恋

　　惊蛰一到，湖面上最顽固的冰，也不得不做出妥协的姿态，无条件地放弃它的坚硬，如同战败的士兵放下他的剑，脱下他的铠甲，恭顺地向胜利者致敬。于是，料峭春风中，蓝莹莹的湖面上，荡漾起鳞状的波纹，互相推推搡搡，与岸边微微泛青的草木一起，在广袤大地上，以写意的方式，粗线条地勾勒出一幅迷人的、具有四维动态的早春风景图。

　　随着时间维度的线性延伸，草木会以无比细微的渐变方式，为早春风景图增添迷人的色彩。最早从冬天的寒冷中苏醒过来的荠菜、二月兰、早开堇菜、点地梅、望春玉兰等，堪称吐芳露蕊的急先锋，即使陷入倒春寒的埋伏之中，它们也无怨无悔。藏匿于墙缝、树洞之中，或者枯枝败叶之下，在饥寒中熬过冬天的蜘蛛和昆虫，会在温度适宜的时候，小心翼翼地现身于阳光之下，活动活动筋骨，寻找一些食物。

　　在这幅四维动态的早春风景图中，最醒目、最生动的，无疑是林中、水中的鸟儿们。且不提那些稀松平常的喜鹊、麻雀，它们的存在是四季风景图上最基本的底色，几乎没有人在意它们，更不用说专注地欣赏它们了。稍微让人眼生一点儿的是斑鸠、戴胜、灰喜鹊。斑鸠形似鸽子，常见的有灰斑鸠、山斑鸠、珠颈斑鸠，它们喜欢站在高高的树枝上，"咕咕咕——，咕咕咕——"地鸣叫，响彻整片树林，多数时候单飞或双飞，不集群；戴胜是一种漂亮的小鸟，通体是黑与黄两种颜色的混搭，头上有一缕高耸的羽毛，时而合拢，时而展开，喜欢独自在路边的草地上觅食；灰喜鹊比喜鹊长得苗条一些，除了头顶是黑色的，身体其余部分基本呈灰色，喜欢成群结队地飞，从一棵树到另一棵树，一边飞一边扯着沙哑的嗓子，发出"嘎——"的一声长音，仿佛高调宣示它们非同一般的存在。

此时，最吸引人的，还不是林中的鸟。在鸟类摄影师们的眼中，上述林鸟只是早春风景图中自然天成的背景部分，主角在水中。

不远处的一丛芦苇，虽然在整个冬天经历了西北风最为严酷的摧残，但是，依然高傲地挺立着它们坚硬的身躯，少部分枯枝败叶被风掠夺之后，沉入水底。两只斑嘴鸭静悄悄地躲在芦苇丛边，谈着恋爱、筑自己的小巢，与世无争地占领一席之地；银色的海鸥，忙着在宽阔的湖面上，做空中飞行表演，忽而向你扑面而来，忽而急转身背你而去，它们用翅膀在空中划出优美的弧线，以此增加早春风景图的立体感。如果说斑嘴鸭低调而沉稳，银鸥优美而华丽，那么，此时摄影师们用镜头紧紧瞄着的凤头䴙䴘简直就是一曲《欢乐颂》。

自七年前尝试观鸟以来，每年春天，我都要去南湖欣赏凤头䴙䴘。这个精灵一样的小东西能营造出强大的气场，把欢乐的情绪传染给我，尤其是它穿透力极强的鸣叫声，自遥远的水面传入耳鼓，直达心灵。天籁不藏任何矫饰，让我在料峭春寒中陡然觉得天高地阔，万物澄澈。凤头䴙䴘在水中的游弋，堪称绝技，矫健的身姿一个猛子扎下去，你无法猜想它会从哪里突然又钻出水面，嘴里叼着一条活蹦乱跳的泥鳅，或者一束半腐烂的水草。泥鳅是奖励给自己的，半腐烂的水草献给爱侣。

在我所熟悉的鸟类中，凤头䴙䴘是一年之中恋爱最早的水鸟，它们的恋爱特别生动有趣儿。雌雄两只凤头䴙䴘互相看中对方之后，它们会面对面地甩头，此时，它们头顶的凤冠完全展开，帅哥的风范、美女的羞怯，会通过叫声与眼神表现出来，这是表达爱意的第一幕。接下来，它们各自深入水底，衔一束半腐烂的水草，深情地举到对方面前，这是表达爱意的第二幕。进入高潮的第三幕：它们的身体先拉开一定的距离，然后，怀着满腔的爱意，用自己的胸膛迎着对方的胸膛，猛烈地撞击。开句玩笑，人家爱情的火花真是撞出来的。

凤头䴙䴘颇具仪式感的热恋，是天然的喜剧，常常吸引鸟类摄影爱好者千里跋涉，用高端摄影器材定格它们恋爱时所展现出来的精彩瞬间。鸟儿恋着鸟儿，观鸟的人恋着恋爱中的鸟，好一个早春之恋！